ペリリュー
戦い いまだ終わらず

終戦を知らずに戦い続けた三十四人の兵士たちの物語

久山 忍

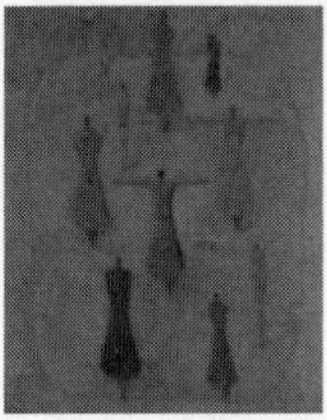

潮書房光人社

旅人よ　ゆきて伝えよ　ラケダイモンの人々に
我ら　かの言葉にしたがいて　ここに伏すと

シモニデス

はじめに

太平洋上に、ペリリュー島という小さな島がある。この島で日本軍と米軍が戦った。戦史上、まれにみる激闘であった。

土田喜代一さんはこの戦闘の中にいた。その体験を本書において書く。

その前に、この島のことや当時の戦況について大まかに述べる。

ペリリュー島

カロリン諸島は東と西にわかれる。パラオ諸島、ヤップ島を西カロリン諸島、トラック諸島、ポナペ島を東カロリン諸島という。

これらの島々は大正三（一九一四）年、第一次世界大戦中、日本軍の占領地となった。

ペリリュー島は、パラオ諸島の島の一つである。この島は小さく、長さ九キロ、幅三キロしかない。エビの頭のような形をしていると言われているが、わたしにはタツノオトシゴに見える。

隆起珊瑚礁の島で、中央部には、最高九十メートルの低山脈がある。それぞれ天山、中山、観測山、東山など、日本名がつけられていたが、境界はあいまいである。山地には多くの自然洞窟、断崖絶壁、峡谷、亀裂などがある。また、あちこちに燐鉱の採掘跡（大小の人工の穴）がある。

のちに布陣した守備隊は、こういった自然洞窟や廃坑を利用し、島を要塞化した。

島には湿地が散在する。湿地の水深は三十センチから一メートルで、湿地内の水は泥と塩分を含み真水ではない。ただし、珊瑚礁で濾《こ》され、かろうじて飲料用とすることができた。戦闘中、この湿地の水が日本兵の命の水となった。

向島と電探台の周辺には、泥土が堆積した浅瀬にマングローブが茂っている。戦闘終了後、このマングローブで生存兵たちがユニークな生活をした。その生活ぶりは土田さんの証言により本書に記録している。

島の気象は常夏である。スコールもひんぱんにある。雨量はきわめて多い。川がないため、この雨が貴重な水源となる。

海はエメラルドグリーンに輝き、海中には色とりどりの魚が乱舞する。南海の洋上に浮かぶ美しい島である。

島の地形は、中央の山岳地帯以外は平地である。この平地に二キロと一キロの滑走路があった。パラオ諸島の中で、大型機が発着できる滑走路があるのは、ペリリュー島だけであった。

戦況

昭和十七（一九四二）年六月五日。

ミッドウェー諸島の沖で日米の海軍による大規模な海戦がおこなわれた。ミッドウェー海戦である。

結果は、日本海軍の完敗であった。アメリカ海軍の空母一隻の損失に対し、日本海軍は、主力空母四隻とその艦載機および多数のベテランパイロットを失った。これ以降、日本は劣勢にたつ。

昭和十八（一九四三）年九月三十日。

天皇陛下御臨席のうえでおこなわれる「御前会議」が開かれ、太平洋上における新しい防御ラインが決まった。

そのラインは、千島、小笠原、内南洋（中、西部）、西部ニューギニア、スンダ、ビルマとされた。大本営は、この防御ラインに「絶対国防圏」という名前をつけた。内南洋（中、西部）とは、マリアナ諸島、カロリン諸島、ビアク島があるゲールビング湾（現在のチェンドラワシ湾）である。

しかし、米軍の侵攻はとどまるところをしらず、昭和十九（一九四四）年七月、マリアナ諸島（サイパン島、グアム島、テニアン島）が占領された。

マリアナ諸島を手に入れた米軍の、つぎの目標はフィリピンであった。フィリピン諸島がアメリカのものになれば、日本の石油還送ルートを遮断できるだけではなく、フィリピン↓台湾↓沖縄と日本本土攻撃の海上ルートができる。

米軍による、フィリピン攻撃の準備が始まった。

大型機用の滑走路をもつペリリュー島は、フィリピンの直近に位置する。米軍は、フィリピンを攻撃するためにこの島が必要になった。

この動きに対し、大本営は、ペリリュー島戦を長びかせることによって時間をかせぎ、「フィリピン決戦の準備」をしたいと考えた。

南海の孤島をめぐり、アメリカの戦略と日本のおもわくが交錯した。


大本営は、戦術を修正した。

マリアナ諸島の守備隊は、これまでどおり「水際撃滅作戦」を実施したが、米軍の圧倒的な火力に粉砕され、短期間で全滅した。これを反省材料とし、ペリリュー島では「水際撃滅作戦」だけではなく、地形を利用した「縦深陣地」を採用し、持久戦をおこなうために島を要塞化した。さらに、水戸の二連隊をはじめとする陸軍の精鋭部隊を配置し、守りをかためた。

米軍に出血を強い、長期戦をおこなうための準備がととのった。

昭和十九（一九九四）年九月十五日。

米軍がペリリュー島に上陸を開始した。

その後、どんな戦いがこの島であったのか。どのようにして三十四人の日本兵が生還したのか。

明るくユーモラスな語り部である土田氏の体験を通じ、その一部始終を見てゆきたい。

久山　忍

序文

昭和十九年九月十五日。

ガダルカナル島を攻略したアメリカ第一海兵師団（約一万七千名）が、パラオ諸島の小島、ペリリュー島への上陸を開始した。

日本軍は、これを陸海軍約一万一千人の兵力でむかえ撃った。わたしも海軍の兵士としてこの戦いの中にいた。

米軍の指揮官は三日間で攻略すると宣言した。しかし、激戦がつづき、米軍は多くの犠牲者を出した。

指先でつまめそうなほど小さいこの島で、二ヵ月以上にわたる戦闘がおこなわれたのである。

それはまさに、死闘というにふさわしい戦いであった。

この戦闘を生き残った日本兵が七十名ほどいた。生存兵たちは鍾乳洞にたてこもり、連合艦隊の反撃を信じて抵抗をつづけた。

やがて米軍の攻撃を受け、生存者はちりぢりとなり、それぞれ別々に行動をすることになった。

その後、わたしは数人の者と苦心惨憺して生きつづけた。われわれは、生きることが「抗戦」だと命令され、それを信じていた。

この島で生きることは、過酷なサバイバルであった。

生き残った日本兵も一人二人と減り、最後には三十四人となった。この三十四人は日本の敗戦を知らず、「終戦した」と言われてもそれを信じず、投降勧告を拒否しつづけた。

昭和二十二（一九四七）年四月二十四日、紆余曲折のすえ、その三十四人は武器を捨て、米軍に帰順した。わたしも紙一重の運命をくぐり、九死に一生を得て生き抜いた。

今回、この希有な体験を本にした。

いまを生きる方々のなにかの参考となれば幸いである。

元海軍上等兵　土田喜代一

ペリリュー戦い いまだ終わらず——目次

△ペリリュー島北端部。密なマングローブの湿地帯が広がっている。右に見えるのはガルコル波止場。
▽日本軍守備隊の陣地(大山と思われる)にナパーム弾攻撃を行なう米軍のＦ４Ｕコルセア戦闘機。

第14師団歩兵第２連隊長、中川州男大佐。ペリリュー島守備隊を指揮し、昭和19年11月24日、自決を遂げた。

△元第４艦隊参謀長の澄川道男少将や米当直将校のブードル憲兵軍曹らの終戦の説明が、どうしても信じられない土田氏だった(左３人目)。▽敗戦を信じようとしない土田氏は、米軍の戦闘機に乗って日米共同で燐鉱石の採掘作業を行なっているというアンガウル島まで終戦を確かめに行った。

△壕に残っていた全員がこれから出てきます、と米軍指揮官のキウリー中佐や通訳の熊井二曹らのところへ報告に走る土田氏。手にしていた靴が生首に見えたという。▽壕では、日本軍や米軍の銃を使いやすいように改造して持っていた。草むらに隠していたそれらの銃を米兵が確認している。

△戦後、日米合同慰霊祭が行なわれ、遺骨収集でこの場所を掘ると銃や飯盒、赤ワインなどが出てきた。ワインにはほろ酔いの味がのこっていた。
▽右には水缶が見える。地上に便を残すと米兵に見つかるので水缶に便を入れて海に流した。この水缶こそ壕で生活した兵たちの命の恩人だった。

△土田氏が住んでいた工兵隊壕。将棋盤、水缶、手動通信器、燈明といったものから神棚まであった。石の下を40センチほど掘れば水も湧き出していた。▽唐沢一等兵が見つけた壕。ここには米軍から盗んだ缶詰を埋めていた。唐沢一等兵は敵との格闘の末連れ去られ、その後自決したという。

遺族たちによる遺骨収集の様子。遺骨は草むしていて、骨の中心を木根が貫いていた。今は亡き夫のことを思う妻たちの心は複雑なものであろう。

△「あなたたちが盗んで食べていたソーセージは美味かっただろう。米国は兵に対して最高の食事を与えていたから」と、米軍の戦車隊長アーミー中尉は言った。▽元気な様子を見せる土田喜代一元上等兵。ペリリュー島での仲間のことが日々、懐かしく思い出される。

ソ連
千島列島
日本海
朝鮮
東京
中国
日本
太平洋
東シナ海
沖縄
小笠原諸島
硫黄島
南鳥島
台湾
ウェーク島
南シナ海
マリアナ諸島
パガン
ルソン
フィリピン
サイパン
テニアン
ロタ
グアム
マニラ
キャビテ
レガスピー
ブラウン
(エニウェトク)
マーシャル諸島
内南洋諸島
パラワン
イロイロ
レイテ
スリガオ
ヤップ
ウルシー
ルオット
エンダービー
パラオ
フハエス
クェゼリン
メジュロ
スル海
ミンダナオ島
ペリリュー
メレヨン
トラック
ポナペ
ヤルート
サンボアンガ
アンガウル
西カロリン諸島
モートロック
東カロリン諸島
クサイ
ウボン
タウイタウイ
セレベス海
セントアンデレウ諸島
マキン
マカッサル海峡
メナド
モロタイ
ビアク島
タラワ
アドミラルティー諸島
ニューハノーバー島
ギルバート諸島
セレベス島
カビエン
ビスマルク諸島
ニューアイルランド島
ラバウル
マカッサル
バンダ海
パプア・ニューギニア
ニューブリテン島
ソロモン諸島
チモール島
アラフラ海
ガダルカナル島
ホーン岬
ポートモレスビー
ロンボク島
スンバワ
スンバ
サンタクルーズ諸島
珊瑚海
ニューヘブリディーズ諸島
オーストラリア
ニューカレドニア

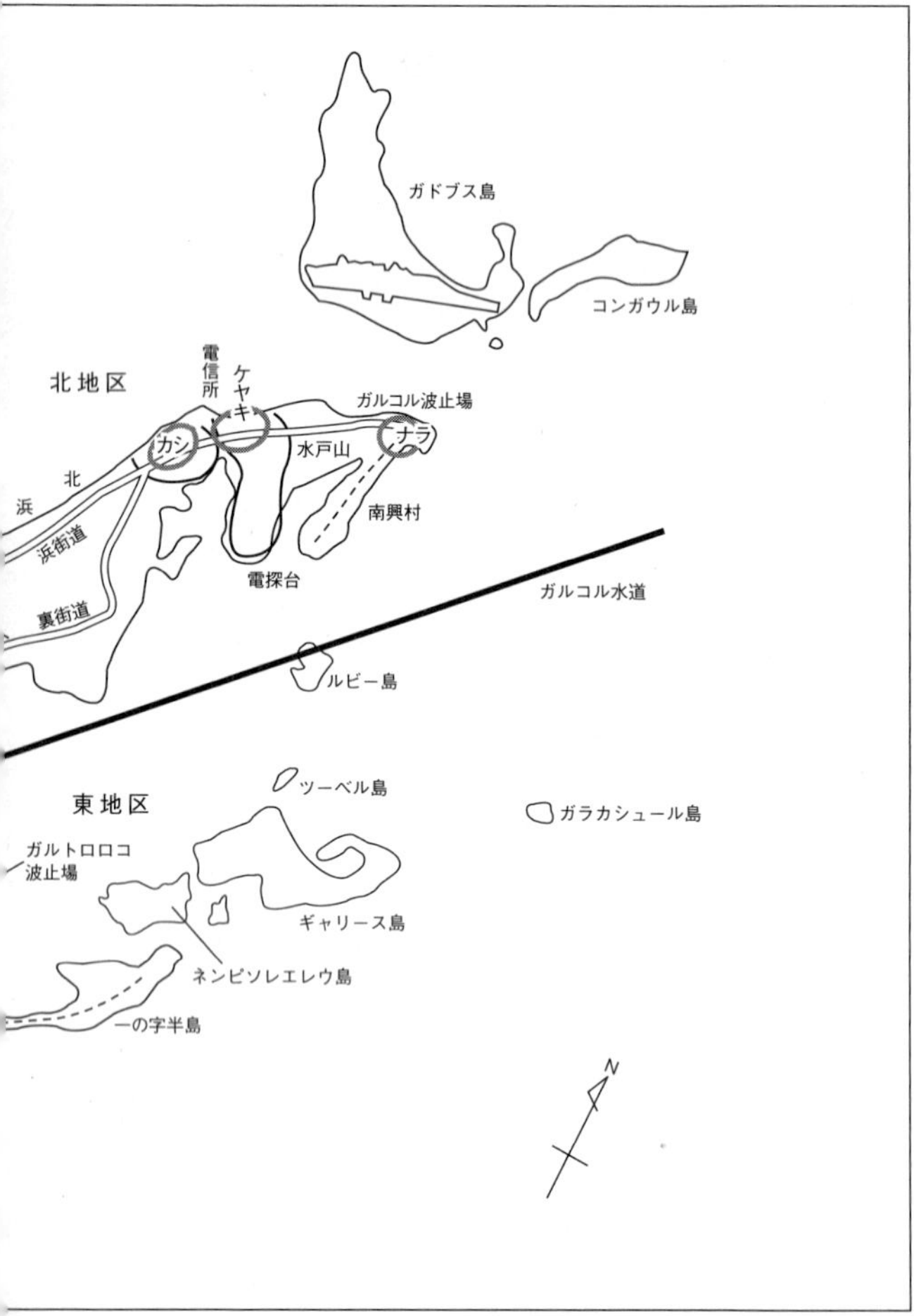
ガドブス島
コンガウル島
北地区
電信所
ケヤキ
カシ
ナラ
ガルコル波止場
水戸山
北
浜
浜街道
南興村
電探台
裏街道
ガルコル水道
ルビー島
ツーベル島
東地区
ガラカシュール島
ガルトロロコ
波止場
ギャリース島
ネンピソレエレウ島
一の字半島
N

米軍上陸時のペリリュー島守備隊配置要図

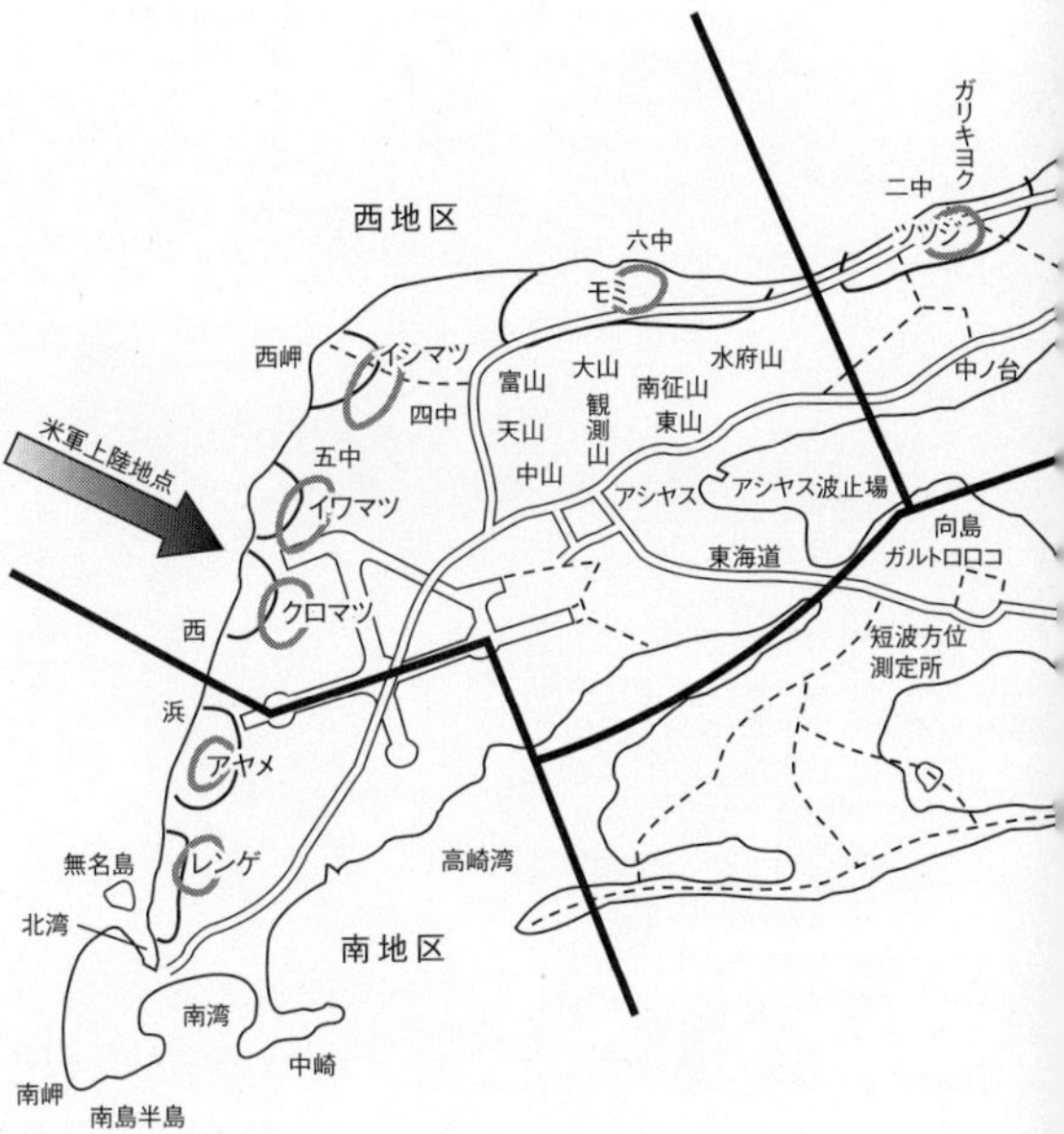

ペリリュー戦い　いまだ終わらず

——終戦を知らずに戦い続けた三十四人の兵士たちの物語

第一章　ペリリュー島

旋盤工

わたしは、大正九（一九二〇）年一月二十日に福岡県八女郡で生まれた。未熟児だったそうだ。そのせいか、成人してからも体は小さかった。

父は久留米絣《がすり》の糸結びの名人だった。

「そのままつづけていれば人間国宝も夢ではなかった」という親戚もいた。

ところが、機械化がすすんだため食えなくなり、職替えをし、八百屋と雑貨屋をあわせたような店を開いた。いまでいうコンビニのようなものである。

食うことに困った記憶はないが、裕福ではなかった。

昭和十三（一九三八）年、母は四十七歳のとき流産をした。そのとき母は亡くなってしまった。わたしが十八歳のときだった。

父は八十八歳まで長命した。わたしも今年八十九歳になるが健康である。わたしの家系は男が長生きする血筋なのかもしれない。

　昭和九（一九三四）年、十四歳で高等小学校を卒業した。卒業後、講習生として一年だけ八女工業学校の機械科に入り、旋盤の技術をならった。

旋盤は、金属を回転させ、固定した工具（バイト）で加工する工作機械である。旋盤工たちは、金属面を勘でミクロン単位まで精密に仕上げる。それは名人芸ともいえる技術だった。高い給料をもらえるわけでもないが、自分の仕事に誇りと自信をもった職人たちであった。

　工業学校を出てすぐ佐世保海軍工廠の機械科に入り、そのあと福岡に戻って大牟田にある三井三池製作所に入った。

　三井三池製作所はもともと石炭を掘る機械（コールカッター）を作る会社だったが、日中戦争が始まったあと、昭和十三年ごろから、砲弾作り専門の会社になった。わたしは旋盤で信管や砲弾を作りながら、「大砲というのはこういうふうにできるんやなあ」と感心したことをおぼえている。

　もともとわたしは手先が器用だったから、技術を身につけるのは早かった。とはいっても、この道何十年という職人がひしめく世界ではひよっこである。わたしは「旋盤工の技を磨きたい」という気持ちが強く、武者修行に出ることにした。あちこちの工場を渡り歩くことによって、技術を磨こうと思ったのである。

　昭和十四（一九三九）年。わたしは単身で郷里を出た。十九歳になっていた。そのあと、大阪や東京にある工場をまわりながら放浪した。田舎育ちのわたしにとって、大都会をめぐる旅は見るものすべてがめずらしく、新鮮で刺激的だった。

軍事産業の中心にあるのが旋盤技術である。そのため旋盤工はひっぱりだこで、どこに行っても職には困らなかった。

わたしは一流の職人になるために博多弁まる出しでがんばった。もともと人なつっこい性格だったこともあり、どこに行っても楽しく仕事ができた。

召集

日本は、昭和十六（一九四一）年十二月八日に真珠湾の米軍基地に奇襲をかけ、アメリカに宣戦布告をした。二十一歳になったわたしはニュースを聞いて、「いよいよ始まったなあ」と、言いようのない不安感につつまれた。

わたしは、開戦後もあちこちを転々とし、昭和十七（一九四二）年に福岡の久留米にある井上内燃機関の工場に入り、戦車のシリンダーや航空機の部品を作っていた。その工場の宿舎に下宿しているときに召集令状が届いた。いわゆる「赤紙」である。

昭和十八（一九四三）年一月十日。二十二歳のときである。

開いてみると、「海軍」と書かれている。「これはなにかの間違いじゃなかろうか」と思った。わたしは二十歳のときに兵隊検査を受け「第二乙種合格」とされた。兵隊検査は、「甲種」「第一乙種」「第二乙種」「丙種」にわかれる。体が頑丈な者は甲種合格となり、すぐに海軍か陸軍に行く。これが「現役兵」である。

「第一乙種」と「第二乙種」合格者は陸軍の「補充兵」となる。補充兵は普通に生活しながら待機し、兵隊に行く順番を待つ。

海軍はこれまで、現役兵（甲種合格）しか採らなかった。ところが戦況が悪化し、兵隊が足らなくなったため、ついに補充兵を召集した。わたしたちの組がその第一号だった。

軍隊

わたしの軍隊生活が始まった。

新兵教育をおこなう海兵団は、横須賀、呉、佐世保にあった。わたしは、佐世保海兵団に二十三歳で入団した。

現役兵は年齢が若く（二十から二十三、四歳）、みな独身である。それに対し、補充兵は結婚して子供がいる者が多かった。年齢もばらばらで、二十歳もいれば三十歳以上もいる。職業もさまざまで、会社の社長もいれば警察官だった人もいた。出身地も関係なく、四国や鹿児島などあちこちから集められていた。

わたしは六十七分隊に入り、分隊員百八十名の一人になった。その中でわたしが一番軽く、体重は四十三キロしかなかった。

三ヵ月の新兵教育を受け、同年四月、実施部隊に配属されることになった。そのとき紙を渡され、希望所属の調査があった。わたしは「博多海軍航空隊」と書いて出した。

海兵団の実習のとき、船の「カマたき」をやらされた。これが地獄の労働であった。カマのそばは四十五度以上に達する。灼熱のなか、スコップで石炭をボイラーにほうり込む。石炭は団子になると燃えないため、均等に散らばるようにまかなければならない。スコップで石炭をすくい、カマの中に何度もなげ込む。これが小さい体にこたえた。

海兵団を卒業するとき、このカマたきが真っ先に頭に浮かんだ。船に乗ってあれを毎日やらされたら死んでしまう。

そこで「航空隊ならカマはないじゃろう」と考えた。幸運にもわたしは、希望どおり博多海軍航空隊に入隊することができた。ところが、いざ入ってみると、新入りには烹炊所《ほうすいじょ》の煮炊きや暖房のカマたきが待っていた。

「船に乗ってもカマたき。陸にあがってもやっぱりカマたきじゃな」とぼやいたものだった。

航空隊で待っていたのは壮絶ないじめだった。これがむちゃくちゃだった。なにがだめ、これがだめと言ってはビンタをされた。それはすごいものだった。

ビンタのときに手を開いてなぐると鼓膜がやぶれる。ある日、上等兵がわたしを平手でビンタした。そのせいで、いまだに耳が聞こえづらい。

バッター（けつバット）の痛さも壮絶であった。これは樫の棒を使う。棒には「海軍精神注入棒」と書かれている。長さは一メートル半くらいある。これで、

「いいかあ、歯をくいしばれえ」

と思いっきりなぐる。最初に三発やられた。その痛いこと痛いこと。尻がはれて重くなり、

よちよち歩きになる。風呂に入ったときに痛がっていると、隣のやつが、

「なんだ三本か。俺なんか三十何本もろた」

と言う。立ち上がった尻を見ると、真っ黒にはれあがっていた。

「上には上がいるもんじゃなあ」

と妙に感心した記憶がある。

甲板掃除もきつかった。乾いた枕のようなものを持たされ、建物の廊下（これを「デッキ」と呼んでいた）を雑巾がけしながら走る。二十五メートルのデッキを三往復くらいすると足腰が立たなくなった。

新兵時代は痛く、苦しく、みじめだった。しかし、この時代に鍛えられたおかげで、その後の幾多の困難を乗り越えられたような気がしないでもない。

見張科

あるとき、上官から、

「横須賀の見張り学校から募集が来とるが、行かんか」

と言われた。わたしは深く考えることなく、

「じゃあ、行きましょう」

と答えた。

昭和十八年七月。

横須賀海軍航空学校見張科（「見張り学校」と呼んでいた）に入った。

博多航空隊からは三、四人行った。見張り学校に入ることによって先輩兵のいじめから解放された。

授業では、軍艦や戦闘機の種別、長さ、特徴などを徹底して暗記させられた。そして、眼鏡（望遠鏡）を使って距離や高度をはかる訓練を受けた。飛行機であればレンズのなかの両翼の長さで距離を出し、眼鏡の角度で高度を出す。艦船の場合は水平線と吃水の高さから距離をはかる。

訓練と勉強はきびしく、約三ヵ月のあいだほとんど休みがなかった。外出も昼に一回しただけだった。

昭和十八年十月。

見張り学校を卒業し、鹿屋海軍航空隊に配属された。

航空隊に行くとすぐ戦闘指揮所の屋上で見張りについた。見張員は十七人くらいいただろうか。交代制で二十四時間見張る。

昭和十九年二月。

二十四歳のとき、部隊に出動命令がおりた。

戦況は日本に不利であることはわかっていた。戦場へ行けば小っちゃなわたしなどまず助からない。

「いよいよ玉砕かあ」

わたしはためいきをついて、出発の準備を始めた。

サイパン島へ

昭和十九年二月上旬。

わたしは駆逐艦に乗船し、鹿児島の垂水港を出航した。港に来るまでの噂では、われわれの部隊は硫黄島に行くという話だった。しかし、出港したときの目的地はマリアナ諸島（サイパン島、テニアン島、グアム島）だった。

わたしが乗った駆逐艦は空母「千代田」を護衛しながら一路サイパンへむかった。洋上に出るとさっそく駆逐艦の見張り台に立たされた。

見張りは高ければ高いほど遠くが見える。駆逐艦の見張り台はマストの上にあった。見張り台に立ち、眼鏡で海と空を警戒する。船の上で見張りをするのは、はじめてだった。戦闘はどちらが先に敵を見つけるかによって決まる。レーダーが発達していない日本は、見張り兵の肉眼がたよりであった。

わたしは部隊を一人で背負っているような責任感を感じた。

サイパン方面はすでに米軍の空襲が始まっているという。いつ敵の戦闘機や潜水艦が攻撃してくるかわからない。耐えがたいほどの緊張感のなか、わたしは見張りを始めた。

それにしても、よく揺れる。

軍艦のなかで一番小さいのが駆逐艦である。そのため揺れもひどい。ただでさえ揺れる駆逐艦のそのまたマストの上である。左右にかたむいたときに体がずり落ちそうになる。

しかし、いかなる状況であろうと、見張りの任務を全うしなければならない。

輪形陣（航海するときの艦隊の陣形をいう。空母を中心として戦艦、巡洋艦、駆逐艦と、小さい船が外に位置する）の外側にいる駆逐艦は艦隊の先兵である。わたしは先兵たる駆逐艦の見張り兵なのだ。この艦隊を守る責任が自分に課せられている。わたしはマストの上で左右に大きく揺れながら眼鏡をのぞきつづけた。

しかし、もともとわたしは船に強くない。だんだん気持ちが悪くなってきた。それを懸命にがまんして見張りをつづける。もし、「気持ちが悪いのでおろしてください」などと言おうものなら、引きずりおろされて袋だたきにされるだろう。

わたしはこみあげる吐き気を気力でおさえながら監視をつづけた。

やがて海が時化はじめた。揺れがひときわ大きくなった。波の動きがマストの上で増幅する。眼鏡の中で水平線がシーソーのように左右にかたむく。我慢の限界をこえた。そしてそのあと、わたしは眼鏡をのぞいたまま、ぶおっと吐いた。吐瀉物が甲板に落ちてゆく。

ぶお、ぶお、ぶおっとさらに吐いた。わたしはどうしていいかわからず、吐きながら見張りをつづけた。

飛沫をかぶった先輩兵たちが下で騒いでいる。

た。

「吐いた、吐いた、おろせ、おろせ」

と声がとぶ。わたしは真っ青な顔で下におり、二つ三つなぐられ、他の見張り兵と交替した。

航海は順調であった。船酔いは五日目くらいから慣れた。

何日目だったであろうか、マリアナ諸島まで間もなくというところで五時間ほど停船した。サイパン島、テニアン島で空襲が始まったため待機したのである。行く先が暗雲に覆われるような不安を感じる。

わたしは見張りをしながら、「大丈夫やろかねえ」と心配していた。そこに、二式大艇《にしきたいてい》（大型の水上飛行艇）がサイパン方面から来て艦隊の上を飛び去った。それを見て、「ああ、日本の飛行機じゃ。サイパン基地がやられたんじゃなかろうか」と思った。二式大艇が飛び去ってからしばらくすると、艦隊が出発した。空襲が終わったようだ。

まもなくサイパン島の港に入港した。

サイパン島に着いたのは昭和十九年の二月下旬であった。想像以上にはげしい空襲を受けており、島のいたるところに煙がくすぶっていた。

テニアン島へ

兵器の陸揚げも途中にし、翌朝、船でテニアン島へ渡った。この島の港も空襲を受けていた。港では五万俵の砂糖が焼け焦げて重なりあっていた。

上陸するとぽっぽ汽車（蒸気機関車の小さいもの）に乗って基地にむかった。その途中、道ばたに重傷者たちが座っていた。

その数に驚いた。とても数えきれない。どの兵も包帯をまいた程度の簡単な手当をうけ、放置されていた。その負傷兵たちがじっと座って通りすぎる人を見ている。まるでわたしたちを責めているかのような目だった。その目を見てはじめて、戦場に来たことを実感した。

テニアン島に第一航空艦隊の本部がある。わたしは飛行場にある戦闘指揮所の屋上で見張りを開始した。毎日、早朝から一式陸攻《いちしきりっこう》が索敵に飛ぶ。

隣のサイパン島までは五キロの距離である。テニアンは一面サトウキビ畑なので見とおしがよい。見張り台から眼鏡で見ると、サイパン上空で訓練をする第一航空艦隊虎部隊のゼロ戦が見えた。

見張り兵が使う双眼鏡は、二十倍の広角望遠鏡と七倍の双眼鏡であった。われわれは「眼《め》鏡《がね》」と呼んでいた。見張りは複数でおこない、二種類の眼鏡で空や海を見た。見張り勤務は二十四時間の交代制である。

島の気温は高かったが、木陰に入ると涼しい。湿度が高い日本の夏よりも過ごしやすかった。

なにせ生まれてはじめての海外である。見るものすべてがものめずらしく、新鮮だった。食事は白米に缶詰などの副食がくばられる。米にコメムシがまじっていて噛《か》むとぷちぷちいったがかまわず食った。

軍隊では給料がもらえる。外出許可が出ると、その金を持って街に出ることもできた。外食をしたり、雑貨を買ったりするのだが、わたしは外に出た記憶がない。街には慰安所があるという話は同期生たちから聞いていた。わたしも若かったからどんなところか興味があったが、わたしが行ったころから外出が制限されるようになった。戦況がはげしくなったからだろう。慰安所に行ったことのある先輩兵の自慢話を聞いて、「ああいいなあ」とうらやましがったものである。

B24捕捉

昭和十九年四月。

ある日の当直のとき。昼二時ごろ。

テニアンの戦闘指揮所で見張りをしていた。そろそろ交替しようと、藤田一等兵の眼鏡を取ろうとした。すると藤田一等兵が、

「ちょっと待ってください土田さん。サイパンの上空に飛行機が飛んでいます」

と言う。

「なに、本当か。よし、代われ」

と眼鏡を取り上げ、サイパンの空を見た。

なるほど、飛んでいる。飛行機が七機。いずれも四発（プロペラが四つある大型機）である。わたしはまだ敵機を見たことがなかった。遠くてはっきりしないが、直感で敵機と認定し、機体の形状から機種を判別した。すぐさま伝声管にむかって、

「B24、サイパンの上空！」とどなった。

すると、下にいた梅田飛行大尉から、

「なあにい〜？　B24？　なに言ってんだ！」という返事が返ってきた。

わたしの報告を信じていない。そう言われるとわたしも自信がなくなった。

「こりゃいかん、飛行大尉がそう疑うなら間違いじゃろう」

敵機ではないとなると、あの七機は友軍機ということになる。となると、日本の四発は大攻（九五式陸上攻撃機）〈注・本機は双発〉しかない。わたしは、

「四発、大攻七機い」

と訂正した。すると飛行大尉が、

「なにい！　四発！　七機！」

と飛びあがって驚き、

「見張りい！　日本に大攻は四機しかおらん。そのうち二機は故障中だ。その七機は敵だあ」

とどなった。

ビ〜〜〜〜

わたしはあわてて警報を鳴らした。サイレンの音は大きくはない。そのため見張り台に据えてある七ミリ機銃（ほぼ拳銃の口径とおなじ）を撃った。機銃の発射音はただならぬ音を発する。間の抜けたサイレンよりもはるかに役にたった。

飛行場からゼロ戦が飛びたった。すでにB24は遠ざかっていた。小さくなるゼロ戦を見ながら、

「追いつくもんじゃろか」と心配になった。

翌日の朝。

見張りをしていたとき、見張り台の前を米兵が六人、数珠つなぎにつながれて通った。昨日、二機を撃墜したときに脱出した米兵たちである。捕虜となって司令本部へ連行されるところであった。

B24は、テニアンの航空写真を撮っていたようだ。上陸するときに使うためだろう。

全員目かくしをされていた。一番うしろの一人は女性だった。通信兵だという。女性が飛行機に乗って戦場まで来るということが驚きだった。

聞いた話によると捕虜は強情だったようだ。情報を聞きだそうとして尋問したが頑として答えず、

「日本は負ける。戦争を始めたことを後悔するだろう」

と言ったという。その後、姿は見なかった。

ペリリュー島へ

昭和十九年六月半ば。

輸送機でテニアンからペリリュー島へ転進した。このとき生まれてはじめて飛行機に乗った。

テニアンを出発して二時間半でパラオ諸島の上空に来た。眼下に絶景が広がっている。島のまわりの海の色が蒼い。海は、珊瑚礁の深度によってさまざまな色に輝いていた。

「きれいじゃなあ」

思わず声が出た。

輸送機が高度を下げた。ペリリュー島が近づいてきた。小さな島である。珊瑚礁が点景し、七色に光りかがやいている。じつに美しい。この島は、長さが九キロ、幅が三キロしかない。硫黄島の半分の大きさである。島の西側が飛行場になっている。パラオ諸島のなかで大型機が発着できる滑走路があるのは、この島だけであった。島の中央は山岳地帯になっており、地形が入り組んでいる。山岳とはいっても高いところで百メートルくらいだろうか。全島を深いジャングルが覆っている。

わたしは、第一航空艦隊の七六一部隊（龍部隊）に属した。そして、七六一部隊の三分の二がペリリュー島に行き、残りの三分の一はテニアンに残った。そのあと、ペリリュー島に行った兵から五分の一の者が選ばれ、フィリピンに行った。

このとき、見張り兵は全員、ペリリュー島に残された。

フィリピンにむかう兵隊たちは大喜びだった。逆に、この島に残る者の気持ちは沈んだ。

「誰それはフィリピンに行ったげな。うまいことといったなあ」とうらやんだ。

フィリピンは広い。島が広ければ生き残る確率が高くなる。ペリリュー島は狭い。

「こんな小さい島はどうせ玉砕じゃ」。最初からみなそう思っていた。

もともと海軍の兵隊は地上戦になれていない。そのうえ貧乏くじを引いたという意識があった。海軍は、数こそ三千五百人以上いたが、地上戦の戦力としてはあまり期待できない感じがした。

その点、陸軍はまとまっていた。ペリリュー島に派遣された陸兵は、日本でも屈指の精強部隊である。彼らを見るたびに心の中で、「たのむぞ」と声をかけたものである。

定期便

ペリリュー島に着くや、休むまもなく戦闘指揮所の屋上で見張りについた。

すぐ近くに掘っ立て小屋がある。これが見張り兵の待機室であった。そこを拠点にして昼夜兼行で海空を見張る。戦闘指揮所の屋上に防空壕があり、二十ミリ機関砲と七ミリ機銃が一基ずつすえられている。防空壕のコンクリートの幅は約七十センチはある。わたしは、分厚い壁を見て、「これやったら五百キロ爆弾がおちても大丈夫じゃろう」と思った。

さらに、七十メートル先にはカマボコ型の防空壕がある。防空壕の上には珊瑚礁の岩石を二メートルくらい積み、コンクリートで固めてある。堅牢なつくりであった。あの防空壕なら一トン爆弾や大きな艦砲を喰らっても防ぐだろうと思われた。

「なにかあったらあそこへ逃げ込めばいい」。そう思うとすこし気持ちが軽くなった。

戦後、米軍が飛行場一帯を撮影した写真を見ると、防空壕は艦砲射撃を受けたのか、真ん中からちぎれて吹っ飛んでいた。あの頑丈なカマボコ型防空壕が二つに裂かれるなど信じられない。いかに当時の米軍の攻撃がはげしかったか。これだけを見てもわかる。

なお、よくよくその写真を見ると、わたしが立った戦闘指揮所も写っており、かすかにだが指揮所屋上にあった二十ミリ機関砲と七ミリ機銃が写っていた。

見張りは全部で十二、三人いた。三人で見張り、三時間か四時間で交替する。むろん二十四時間態勢であった。見張りをしていると、夜の十時か十一時ごろ、B24が一機、ニューギニア島のホーランジアから飛んできた。これを「定期便」と言っていた。

夜になると空は見えない。エンジン音だけが発見の方法である。耳をすましていると独特の金属音が聞こえて、すぐに敵機とわかった。爆音を聞きとるや、

「ほれ、お客さんじゃ」

と言ってサイレンを鳴らす。ここにも電波探知機はなかった。

日本には月光という夜間戦闘機があった。あるとき、その月光が待機し、B24を迎撃しようとしたことがあった。

「今夜は墜としてくれるぞ」と楽しみにしていると、その日にかぎって来ない。基地内にスパイがいたのか。あるいは無線の暗号を解読されていたのだろうか。

見張り兵の責任は重大であった。

戦闘は先に見つけたほうが圧倒的に有利である。戦闘機の戦いも、艦隊の戦いも、見張りの善し悪しで大敗か大勝かが決まる。そのため見張り兵はつねに最前線にいる。そして、戦闘指揮所の上にいるため爆撃でねらわれやすい。兵隊の中でまっ先に死ぬのが見張り兵だと言われていた。そのかわり戦功もたてやすい。金鵄《きんし》勲章《くんしょう》に一番近いとも言われていた。

敵機？　捕捉

ある日。眼鏡に蚊のような敵機が入った。六万メートル（六十キロ）先の機影であった。いま考えてもよく入ったものだと思う。

「敵機いい」

すぐ本部に報告した。

ばあああー

と警報が鳴った。地上員は退避し、ゼロ戦が離陸した。わたしの見張りによって被害はゼロだった。

士官から、「土田よくやったなあ」とほめられ、酒を二升もらった。

会心の捕捉であった。わたしは実戦における見張りの要領をつかんだような気がした。その数日後、わたしは、また捕捉した。

「いた」

小さく、鋭く叫んだ。距離（高度）六万メーター先の敵機を、わたしは見のがさなかった。すかさず、

「敵機いい」

と叫んだ。島中に警報が鳴った。つぎつぎとゼロ戦が飛びたつ。整備兵たちが必死の形相で地上にある飛行機を掩体壕《えんたいごう》に運ぶ。兵隊たちが基地内をあわただしく走りまわり、迎撃態勢をとる。

わたしは、鳴りひびく警報音を聞きながら、機種と数を報告するために眼鏡で追った。敵機はまっすぐにむかってくる。レンズの中の機体がしだいに大きくなる。

「ん……？」

米機にはない種類の飛行機である。

「ん……？」

なんだか様子がおかしい。

「ありゃ！」

よくよく見ると、機体の両翼に日の丸がついている。

「ゼロ戦だ！」

なんと、友軍機を敵機と間違えたのである。

「あちゃああ、しもたああ！」

今度は大目玉を喰った。謝るために本部に行ったところ、士官室に入る前に、「貴様ああああ」と怒鳴られた。

水戸第二連隊

パラオ諸島の日本軍守備隊は、パラオ本島（バベルダオブ島）に「関東軍宇都宮第十四師団集団司令部」をおいていた。師団長は井上貞衛中将であった。この十四師団は、数ヵ月前までは中国にいた。


昭和十二（一九三七）年七月。

日中戦争が始まった。以後、この戦争は、昭和二十年の終戦までつづく。日中戦争が始まったことにより、中国大陸に七十万以上の日本軍が集結した。これが「関東軍」である。

日本は中国と戦争し、ソ連と対立した状態で、昭和十六年十二月八日、アメリカのハワイ基地（真珠湾）を攻撃し、太平洋戦争を始めた。

開戦当時、日本のほうが優勢であった。しかし、昭和十七年六月五日におこなわれたミッドウェー海戦で負けてからは、敗色が濃くなった。

昭和十八年二月、ガダルカナル島を撤退、同年五月、北太平洋のアッツ島守備隊が全滅、同年十一月、ギルバート諸島のマキン、タラワ両島の守備隊が全滅、同じ時期、東部ニューギニアで日本軍が壊滅するなど、南方の日本軍はつぎつぎと消滅していった。そこで大本営は、日本兵を南方に補充するため、中国大陸にいる関東軍を大量に転用した。

「関東軍」は、満州（現・中国東北部）に駐屯し、三十以上の師団で構成されていた。パラオに来た第十四師団はそのうちの一つである。

第十四師団は、歩兵第二連隊、第十五連隊、第五十九連隊で構成されている。歩兵第二連隊は「水戸」、第十五連隊は「高崎」、第五十九連隊は「宇都宮」の部隊である。

兵のほとんどが昭和十六年から十八年の間に入隊した現役兵であった。年齢は、二十歳から二十四、五歳である。

十四師団（約一万二千人）は、昭和十九年三月二十八日、大連港において、三隻の輸送船に約二ヵ月分の弾薬、燃料、食料などを積み、出航した。

このとき、船の船倉に詰め込まれた若者たちは、どこに行くのかも聞かされないまま、太平洋の波に揺られていた。資料によると、第十四師団を乗せた船団は、四月二十四日にパラオ諸島に到着している。約一ヵ月の船旅であった。

この十四師団のうち、歩兵第二連隊（水戸）と第十五連隊（高崎一大隊欠）がペリリュー島に布陣する。そして、当時、世界最強といわれたアメリカ第一海兵師団に大きな損害を与えたのは、この若者たちであった。

ペリリュー島の主力は水戸の二連隊であった。連隊長は中川州男《くにお》大佐である。二連隊の兵は若く、士気が高く、訓練もつまれていた。兵隊たちも自信があったのだろう。とにかく威張っていた。そして、ことあるごとに、

「我が部隊は西南戦争からの部隊であり、日清戦争、日露戦争も経験している」

と自慢していた。

われわれは、「たいした部隊じゃなあ」と感心していた。

陸軍の編成は、大隊（約千人）がいくつか集まると連隊（約三千人）となり、連隊がいくつか集まると旅団（約一万人）となり、旅団がいくつか集まると師団（約二万人）となる。師団の上は軍である。順番にすると、大隊→連隊→旅団→師団→軍となる。

この中で「連隊」だけは特別であった。

連隊は、地域ごとに編成され、いったん創設されると解散しない。そして、兵たちがもつ地域性と部隊の戦歴によって「連隊の伝統」ができる。連隊の強弱は、その伝統に対する兵たちの意識によって決まる。

水戸の二連隊は明治七（一八七四）年に編成され、以来、西南の役、日清戦争、日露戦争、満州事変、支那事変と、日本がおこなってきたすべての戦争に参加してきた。

西南の役を初陣とする水戸二連隊の歴史はどこよりも古く、昭和の時代においても日本最強といわれていた。

陣地構築

ペリリュー地区隊長である中川州男大佐（歩兵第二連隊長）の作戦は、
「飛行場を中心に全島を洞窟陣地で要塞化すること」
であった。

このため、九月に米軍との戦闘が始まるまで、この島の兵隊は陣地構築におわれた。ペリリュー島はかたい石灰岩の島である。その島を要塞化する。それは、これまでに経験したことがない、過酷な作業であった。道具は不足し、資材も少ない。経験はなく、技術もない。珊瑚礁はコンクリートのようにかたく、一時間たっても数十センチしか掘れない。兵隊たちはぶつぶつぼやきながら、毎日、カッチンコ、カッチンコと陣地構築をしていた。気温は四十度をこえた。作業はきつい。そのうえ食事も十分ではなかった。若いとはいえ辛そうだった。

陣地とは、たこつぼや塹壕《ざんごう》のことである。「たこつぼ」は人が一人入るたて穴のことをいう。この穴に入って手榴弾を投げたり狙撃したりする。「塹壕」はたこつぼをつなぐ通路のことである。たこつぼや塹壕を作り、地上戦をおこなうのである。

空爆や艦砲射撃から避難するための大きな防空壕は、守備隊が着く前に作られていた。工兵隊（陸軍）が作ったのだろう。そうでなければ兵隊だけであれだけのものは作れない。

この島には自然洞窟や燐鉱石の採掘跡などが点在している。守備隊の防空壕や砲台陣地は既存の洞窟を利用して作ったものが多かった。

兵隊の仕事は陣地構築がなによりも優先された。そのため地上訓練はほとんどやっていなかったのではないか。

島の生活環境は悪かった。食事も悪い。とくに蚊とぶよがひどかった。娯楽はまったくなく、夜はただ寝るだけだった。

しかし、陸軍の兵たちは元気で、作業は過酷であった。強い日差しをあびて真っ黒に日焼けし、屈託のない笑顔で走り回っていた。笑顔が絶えなかった。

いま考えても若い兵たちのタフさに驚かされる。

西洋ほうれん草

陣地構築にはダイナマイトを使っていた。われわれは、陸軍の兵がこのダイナマイトを使って海で魚を獲っていることを知っていた。新鮮な魚が食べられることがうらやましく、「陸軍は生魚が食えていいなあ」と言っていた。

とはいっても陸軍より海軍のほうが物資ははるかに豊かであった。輸送機を持っていたため食事や甘味類、煙草などもわりと豊富だった。乾麺麭《かんめんぽう》（乾パンのこと）一つとっても違っていた。陸軍のは固い乾パンが三十くらい入っていて、その中に金平糖が十ばかり入っているだけだった。乾パンに味はない。

海軍は違う。大きな缶に入って湿気が来ないように工夫されており、乾パンにもミルクや砂糖が入っていて美味だった。いまでいうクッキーである。

煙草の支給も海軍のほうが多かったし、食事の量も多く、副食も毎日出た。ただし、生鮮食品は不足していた。とくに不足していたのは野菜であった。

その野菜があるという情報が入った。どうも陸軍の陣地に西洋ほうれん草が自生しているらしい。

「よし、ならば採りに行こう」

ということになり、二、三人で採りに行った。行ってみるとなるほどたくさん生えている。

「うほほ」

大喜びでそれを採ろうとしたところ、肩をポンポンとたたかれた。振り返ると陸軍の兵隊が立っている。そして、

「海軍さん、陸軍は海軍さんほど糧食が豊富じゃないんですよ。海軍さんはいっぱい持ってるでしょ。そこんところを考えてくださいよ」

と悲しそうな顔で言う。群生している西洋ほうれん草を陸軍の兵隊が三人くらいで見張っていたのである。

われわれは「それもそやね」と納得してスゴスゴと帰っていった。

ペリリュー島には自然の水場がいくつかあった。珊瑚で海水が濾された水である。真水ではないが、飲んで喉の渇きをうるおすことができた。そのほかに地下水を井戸から汲みあげ

ていたようだ。

海軍の場合は指揮所にヤカンがおいてあり、その水をいつでも飲めた。水の管理は主計科の兵隊がしていた。

風呂に入ったことはない。水を頭からかぶった記憶もない。しぼったタオルで汗をふくくらいだった。ペリリュー島には川がないため、飲料水のほかに使うほど水が豊富ではなかった。

砲爆

ある日の二時ごろ。

わたしは戦闘指揮所の横にある待機小屋の中にいた。そのとき、吊していた酸素瓶がカンカンカンカンと鳴った。中にいた向山一等兵が顔を外に出して上空を見た。

「オオ、四発、四発」

コンソリデーテッドＢ24の空襲である。空襲で最初にねらわれるのは戦闘指揮所である。いそがなければ爆死する。見張り台や小屋の中にいた七人が防空壕にむかって走った。

防空壕までは約七十メートルある。わたしはそのとき配給でもらった五、六個の石けんを取り出して整理していた。はやく逃げなくてはならない。石けんを箱に入れるのに五、六秒かかった。わたしだけ遅れた。爆音が近づいてくる。

「まずい」

わたしは箱をそのままにして外に飛びだした。そのとき、

ドドドーン

と爆弾が直近に落ちた。とっさに地面に伏せ、耳と目を閉ざす。爆弾はつぎからつぎに落ちてくる。ものすごい轟音とともに地面が大きく揺れた。空襲は二分つづいた。その二分が長く感じた。

音が止んだ。土の中から顔をあげ、おそるおそる目を開いた。砂煙がもうもうとたちこめている。呼吸をしてみた。息ができる。

「生きている」

怪我もないようだ。スワと立ち上がり、防空壕に走った。そのとき、信じられないものが目に入った。

七つの死体である。

七人は、防空壕の手前二、三十メートルで爆風をあび、鉄の破片で蜂の巣のようになっていた。わたしも彼らと一緒だったら、八体目の遺体となってころがっていただろう。

敵機が去ったあと、自分が伏せた場所に行ってみた。爆弾の穴が三ヵ所あいていた。穴をむすぶと三角形になる。わたしはその中心にいたようだ。

小屋の出口のトタン張りは爆弾の破片が突きささり、何百個もの穴があいていた。戦友を失った悲しみとともに、自分の運の強さをしみじみと感じた。

飛行場には何発か不発弾があった。それを見て爆弾の構造がわかった。長さ約五十センチ、直径約十センチの爆弾のまわりに、一センチ四方の鉄のスプリングを巻きつけてある。爆弾が爆発すると、この鉄製のスプリングが粉々になって飛び散り、周囲にいた者を殺傷する。人身殺傷用の爆弾であった。

陸上の飛行機も無数の鉄片を受け、使用不能となってしまった。滑走路も穴だらけになった。作業員が千人くらい集まった。遺体の埋葬、滑走路の修理、建物の修復等、海軍総員で作業が始まった。

大型爆弾が落ちると、深さ三メートル、直径五メートルから十メートルの穴があく。穴埋めは、スコップや板きれなどを使って作業をする。大規模な空襲を受けたときなどは、修復するのに十日くらいかかった。これが米軍であれば、ブルドーザーを二、三台使って三、四十分で埋めてしまうだろう。これだけを見ても、日本とアメリカでは工業力が話にならないほど違っていた。

情報

わたしは、ペリリュー島に昭和十九年の六月半ばに行った。ちょうどこのころ、米軍がサイパン島に上陸（昭和十九年六月十五日）した。

この時期、ペリリュー島にいた日本のゼロ戦は、毎日朝早く、サイパン方面に飛びたったが、ほとんど帰ってこなかった。

そんなある日、ニューブリテン島から数機の輸送機がペリリュー島に立ち寄った。偶然、そのパイロットが知り合いだった。

「藪先飛曹長ではないですか」

「ああ、土田かあ」

話をするとサイパン島の日本軍は苦しいようだ。

「龍部隊（第七六一海軍航空隊）の一式陸攻もだいぶやられて少なくなった」

とくやしそうに言う。

藪先飛曹長は、「元気でやれよ」と言い残して飛び去った。

そのあと情報が入り、サイパン島守備隊は七月七日に全滅したことがわかった。約二十日間の戦闘だった。

つぎに米軍は、テニアンとグアム島に上陸した。

そして、八月二日にテニアン島の守備隊が全滅し、八月十一日にはグアム島の守備隊が全滅した。テニアン島が十日間の戦闘、グアム島が二十二日間の戦闘だった。

これにより、マリアナ諸島にある飛行場はすべて米軍のものとなった。

「マリアナ諸島守備隊全滅」の情報は、ペリリュー島の将兵に異様な緊張と恐怖をあたえた。

以下は余談。

米軍がサイパンに上陸してからグアムの守備隊が全滅するまでの期間は、五十七日間だった。

マリアナ諸島を占領したあと、米軍はペリリュー島に上陸する。この小さな島の約一万一千人の守備隊は、圧倒的な火力と兵力を持つ米軍と七十四日間も戦闘をつづけた。

この日数だけを見ても、いかにペリリュー島の要塞陣地がその効果を発揮したか、中川大佐をはじめとする指揮官たちの戦術がすぐれていたか、水戸の二連隊を主力とする兵たちの戦闘能力が高かったか、がわかる。

しかし、言いかえれば、マリアナ諸島の早期陥落が大本営に反省と教訓をあたえ、それが「戦術変更」となってペリリュー島の防御戦にいかされた、とも言える。

その結果、ペリリュー島の守備隊が、太平洋戦争史上、最大の激戦を演ずるに至った。

善戦したペリリュー島戦の陰には、マリアナ諸島で戦った日本兵たちの死があったことを忘れてはならない。

接近

マリアナ諸島を攻略した米軍は、フィリピンの直近にあるペリリュー島にむかった。この島に逃げる場所はない。

「いよいよ玉砕じゃな」

わたしは下をむいてため息をもらした。そして、あらためてこの島で死ぬ覚悟を決めた。

昭和十九年九月五日。

「オーイ、見張りぃ」下にいる当直士官から声をかけられた。

「はあい」わたしが返事をすると、

「空母四隻が当方面に進行している。見張りを厳重にせよ」と注意された。

「はい。わかりました」

わたしは周囲にいた部下たちに、「厳重に見張りをするように」と命令を伝達した。

見張りは陸軍にもいた。陸軍の見張り兵は観測山に立っていた。われわれは、

「陸軍はいいかげんなもんじゃろうから、こっちが厳重にせにゃいかん」

と戒めあった。しかし、そうは言っても気になる。

「どれ、ちょっと見てみるか」と観測山の指揮所を眼鏡で見る。と、陸軍の見張りもこっちを見ている。眼鏡ごしに目が合った。

われわれは脇腹をつつき、「やはり陸軍は遊んでいる」などと話した。

しかし、いま思えば、むこうも同じことを言っていたのではなかろうか。

米軍到来

その日の夕刻。日の入り前である。わたしは眼鏡で空を見ていた。そして、捕捉した。

薄暮の雲のなか、カーチスＳＢ２Ｃ艦上機四機を発見したのである。

ただちに、攻略部隊接近の報告を伝達した。

「西方向に艦載機と思われるカーチスSB2C四機をとらえた。近くに航空母艦が来ているものと思われる」

艦載機は空母から発進できる小型の飛行機である。艦載機が来たということは、近くに航空母艦が来ていることを示す。航空母艦の存在は、上陸部隊をともなった米機動部隊の接近を意味する。

ウウウウウウー

警報音が鳴りひびく。島中に緊張が走った。わたしの報告によってペリリュー島全体が戦闘態勢に入った。

翌日。夜明けと同時にグラマンの大編隊が殺到してきた。その数、二百から三百。グラマンF6Fが上空をブンブン飛びまわり、地上はめちゃくちゃにされた。滑走路がみるみる穴だらけになってゆく。

守備隊も負けじと応戦する。機銃、機関砲、高射砲が一斉に火を吹いた。

わたしはそのとき、見張り台の上で七ミリ機銃にしがみついて撃っていた。はじめての戦闘であった。無我夢中で引きがねをひく。照準もなにもなかった。爆煙であたりはうっすらとしか見えない。そのとき、下にいた大園兵曹がわたしに声をかけた。下を見ると、のんきな声で、

「オーイ、土田、なかなかうまく当たらんなあ。俺のほうはもうしまえた」

と言う。大園兵曹が撃っていた二十ミリ機関砲が傷だらけになっている。グラマンの徹甲弾が銃身に当たっていくつもの穴があいたのである。こうなっては使用できない。その横には三人の戦死者が横たわっている。死んだ兵たちが使っていた二十ミリ機関砲がまだ二基ある。大園兵曹はそれを指さし、

「これで応戦するからなあ。がんばりよるからあ」

と手を振った。わたしは、こんな凄惨な戦場でよくもあんなに明るくがんばれるものだと感心した。

艦砲射撃

翌日も、同じような戦闘がつづく。そして、夕方六時すぎ。

「土田さん。妙な爆発音がしますよ」

たまたま通りかかった栗山上等兵が見張り台に立つわたしに言った。振り返って山への弾着を見る。すさまじい炸裂音がこだましている。上空には飛行機の姿が見えない。

ダダダダーン、ダダダダーン
海岸線の椰子の木が吹っ飛んでいる。そのとき、見張り兵の一人が、

「土田さーん、艦砲射撃ですよ」

と叫んだ。米軍の上陸を確信したのはこの艦砲射撃が始まってからであった。

艦隊が接近したため、見張りもいらなくなった。海軍の地上部隊は、中山の南部にある海

軍内務科の鍾乳洞に入った。わたしは陸戦隊へ編入され、第一中隊第一小隊に入った。

米艦隊が接近し、本格的な艦砲射撃が始まった。三十六センチ三連装が一斉に発射される。

シュッシュッシュッ

砲弾が風を切る。と、同時に三発つづけて、

ドドドーン

と地表で炸裂する。ジャングルの樹が吹き飛び、あちこちに地肌が見え始める。島が舟のように揺れた。あまりのすごさに、「島がこわれてしまうのではないか」と思った。

夜になった。

陽が落ちると艦砲射撃と空爆がやんだ。そのかわり、上空に照明弾が打ちあげられ、一晩中、昼のような明るさになった。われわれは暗い洞窟の中にひそみ、米軍が上陸するときをじっと待った。

戦場にいる兵たちにとって、もっとも辛いのは「渇き」である。

壕にいるあいだ、水の支給が制限された。そのため喉がひりひりするほど渇く。われわれは夕刻のスコールを待った。しかし、艦砲射撃が始まってからは毎日降っていたスコールがピタリととまった。

原因は、砲爆撃でジャングルが延焼したためである。米軍の攻撃は島の気候が変わるほど

すごかったのである。米軍の艦砲射撃は気候だけではなく地質も変えた。戦後、遺骨収集に行ったとき、島民の人が、

「椰子の木の種をまいても二、三年は芽が出なかった」

と言っていた。なお、三年をすぎたころからは、芽が出るようになったそうだ。

上陸前日

昭和十九年九月十三日。

海軍内務科の鍾乳洞は島でもっとも大きい。島随一の高級壕である。中に入ると天井までの高さが十メートル以上あった。長さも七十メートル以上あり、山をつきぬけている大鍾乳洞である。ここに多数の海軍の兵と数十人の陸軍の兵隊が待機していた。

壕の中にいても砲弾の炸裂音と空爆による爆発音で鼓膜がやぶれそうだ。海岸には日本兵が米軍の上陸にそなえて布陣している。はたして無事だろうか。

艦砲射撃と空爆は二日目からさらにすごくなった。米軍の艦隊がそろったのだろう。あたりかまわずめちゃめちゃに砲爆を受けた。

樹齢何百年の大木がつぎつぎとなぎ倒される。島は土煙に覆われ、山がみるみる裸になってゆく。緑深く、青々としていたジャングルは、米軍の攻撃によってその姿を大きく変えていった。

昭和十九年九月十四日。

この日もはげしい砲撃がつづいた。米軍の艦隊は、島から約十三キロ離れた地点（珊瑚礁のリーフの外）に錨を降ろし、艦砲射撃をおこなった。飛行機による空爆も熾烈をきわめた。守備隊に航空機はない。航空隊と連合艦隊による支援もない。そのため、米軍は自由に島を攻撃できた。

米軍の砲爆撃は海岸に集中した。海岸線に布陣する守備隊を壊滅させ、上陸を容易にするためである。しかし、日本軍は堅牢な防空壕を作っていたため、人的な損害はほとんどなかった。日本兵は壕の奥で息をひそめ、米軍が上陸してくるときをじっと待った。

この日、米軍の上陸が近いと判断した連隊本部は、「戦闘配置」の命令を出した。海軍の地上部隊は、中隊あるいは小隊にわかれ、付近にあるそれぞれの壕に行き、戦闘にそなえた。

わが小隊は、海軍内務科の鍾乳洞のちかくにある通信隊の壕に入った。壕を移ると、さっそく、「土田は見張りに立て」という命令を受けた。

夕刻、わたしは外に出て山の中腹から海を見た。西浜の海岸の先にリーフ（隆起珊瑚）がある。そのはるかむこうに、米艦隊がいた。眼鏡をのぞいた。このときはじめて米艦隊を見た。おびただしい数である。見わたすと、見張り学校で暗記させられた軍艦がずらりと並んでいる。

わたしは、

「ほお、あれはあれだ。こっちはあれだなあ」

と、停泊している軍艦の名前を言うことができた。

ここで死ぬことがわかっていても、教科書でならった実物を見られてうれしいというか、悲しいというか、なんとも説明がつかない不思議な気持ちだった。

わたしは眼鏡をのぞきながら数え、

戦艦四隻、

巡洋艦三隻、

駆逐艦数隻、

輸送船、合計五十一隻、

と報告した。

第二章　戦闘の記録

第一海兵師団

美しかった島は一変した。島中から立ちのぼる真っ黒な爆煙、ザラザラと崩れ落ちる岩壁、青々としていたジャングルは完全に禿げ山になった。島にいた動植物も死滅したであろう。

米軍の資料によれば、上陸前に撃った鉄量は三千九百トンにのぼる。この小さな島にこれだけの砲弾を撃ち込んだのである。

「日本兵が生きているはずがない」

米軍はそう思ったようだ。上陸部隊である第一海兵師団の指揮官、リュパーサス少将は、「三日で占領する」と宣言したという。

しかし、守備隊は健在であった。堅牢な防御陣地が日本兵を砲弾と爆弾から守った。

米軍の総数は四万五千人。これに対する日本軍は、陸海軍あわせて約一万一千人である。

太平洋の制海権、制空権は米軍がにぎっている。ペリリュー島を守る守備隊には、一機の飛行機も、一隻の軍艦もなかった。一万人以上の日本の若者たちは、手持ちの武器とわずかな食料を持ち、最新鋭の兵器と四倍の兵力をそろえた米軍と対峙した。

上陸部隊は、第一海兵師団、約一万七千人である。この師団は、これまでにガダルカナル島、マリアナ諸島において、日本の守備隊を全滅においこんできた。その実績から、

――アメリカ海兵隊のなかで最強の師団

と言われていた。

その「アメリカ最強の師団」が、ペリリュー島の戦いによってズタズタにされ、戦闘なかばにして後方基地に撤退する。

この島の戦いは、第一海兵師団にとって「屈辱の戦史」となるのである。しかし、このときはまだ、両軍の誰一人として、そんな結果になるとは思っていなかった。

上陸開始

昭和十九年九月十五日、午前六時十五分。

海岸から約十三キロ先の沖に、約五十隻の輸送船が並んだ。天気は晴れ。波は静かだった。

輸送船から二十数隻の大型舟艇が海に降ろされた。舟艇の中には武装した米兵が乗っているはずである。大型舟艇は、陣形をととのえたあと西浜にむかって進んだ。

上陸開始である。

ところが、大型舟艇群は、海岸から約二キロ先でピタリととまった。まだ射程外である。島はリーフでかこまれている。海岸からリーフまでの距離は六百から八百メートルである。リーフ内は浅いため大型船は入れない。

米兵をぎっしり積んだ大型舟艇がリーフの前でとまる。そこを守備隊が重火器でねらう。約七百メートル前後の距離は、速射砲の射程である。米兵がぎっしりつまった大型船を沈めてしまえば、部隊は全滅する。

これが作戦だった。

西浜の守備隊は、速射砲の照準をあわせ、「撃て」の命令を待った。しかし、大型舟艇たちはリーフまで接近せず、そのはるか手前でとまった。

「どうしたことだ」

報告を聞いた中川大佐はとまどったことだろう。

上陸部隊の動きを見ていたのは陸軍の見張り兵である。そして、陸兵が持つ眼鏡の中に驚くべき光景が展開された。停止した大型舟艇の前が開き、そこから、約三百隻の水陸両用船や水陸両用戦車が海上に飛びだしてきたのである。

パラオに来た第十四師団は、昭和十五年九月から「満州国」のチチハル付近に駐屯し、広大な原野でソ連との国境警備にあたっていた。

草原を馬が行き交う風景の中にいた第十四師団は、昭和十九年一月、南方転戦の命令を受け、ここパラオに来た。そして、ペリリュー島に布陣した将兵たちは、この日、はじめて、米軍の近代兵器を見た。

ペリリュー島の若者たちは、現代の自衛隊員が宇宙人と戦うような驚きと恐れをもったであろう。

ペリリュー島の戦闘における日米の相対戦闘力

区別	日本軍	米軍
歩兵	五〜七個大隊	九〜十五個大隊
戦車	一個中隊（軽戦車十七）	約一個大隊（M4中戦車三十〜四十五、水陸両用装甲車LVT（A）六十）
砲兵	一個大隊（野砲八、十榴四）	八〜十二個大隊（七十五ミリ榴弾砲 二十四、百五ミリ榴弾砲 三十六〜七十二、百五十五ミリ榴弾砲 三十六〜四十八、十五センチ加農砲 十二）
航空艦砲	戦闘機四〜八	航空延千八百機（六百二十トンの爆弾）艦砲（戦艦四、重巡三、軽巡一、駆逐艦九以上）射撃（二千二百トン以上）
総兵力	九千八百三十八	四万二千

また日米の損耗は次表のとおりである。

注　日本軍の損耗には軍属を含み、戦傷には生還者を含む。

区別		米軍		日本軍	
戦死		第一海兵師団	千二百五十	陸軍	六千六百三十二
		第八十一歩兵師団	二百七十六	海軍	三千三百九十
		海軍	百五十八	軍属	
		計	千六百八十四	計	一万二十二
戦傷		第一海兵師団	五千二百七十五	陸軍	（生還）百九十
		第八十一歩兵師団	千三百八十	海軍	二百五十六（生還）
		海軍	五百五	軍属	
		計	七千百六十	計	四百四十六
合計			八千八百四十四		一万四百六十八

一方の米兵たちに緊張はない。一隻の水陸両用船に約二十人、水陸両用戦車には約六人の米兵が乗っている。残っている写真を見ると、なかには笑顔を浮かべている者もいる。米軍

なかった。

の将兵の誰もが、この島の上陸作戦が、これまでとは違った特別なものになるとは思ってい

午前七時三十分。

上陸用舟艇（水陸両用船と水陸両用戦車）が横に広がってリーフに近づいた。上陸開始である。上陸部隊を守るための艦砲射撃は、すでに始まっている。

発射された砲弾には発煙弾が混じっていた。日本軍に照準をさせないためである。海岸はもうもうたる煙に覆われた。

日本軍の海岸陣地は水際から三十メートルほどしか離れていない。砲弾が降りそそぐ海岸線では、日本の兵隊たちがたこつぼや塹壕の中にうずくまるように潜んでいた。精強部隊とはいえ二十歳そこそこの若者たちである。みな恐怖で震えていたことだろう。

上陸用舟艇がリーフに接近したとき、とつぜん、ドドーンと数本の水柱が立った。日本軍がしかけた機雷に触れたのだ。数隻の水陸両用船が吹っ飛び、こなごなになった。

日本兵が歓声をあげた。

南海の孤島において、死闘が始まった。

中川大佐

ペリリュー島の最高指揮官は、水戸二連隊の連隊長である中川大佐であった。

連隊長の近くにはつねに連隊旗がある。軍旗は天皇から親授される。そのため神聖なものとされ、軍旗に対する敬礼が義務づけられるなど、貴人のように遇されていた。

軍旗は、古くなっても新しく下賜《かし》されることはなかった。このため、水戸の二連隊のように歴史がある連隊の旗は、まんなかの旗の部分がなくなり、房がついた紐だけがぶらさがっていた。

二連隊の将兵は、伝統ある軍旗があることを誇りに思い、見るたびに士気を高めていた。この「神聖な軍旗」を管理する責任者が連隊旗手である。連隊旗手は新任の少尉がなる。旗手の要件は長身で容姿にすぐれ、成績優秀でまじめな性格でなければならない。

当時、二連隊の旗手は烏丸中尉であった。烏丸中尉はこの条件のすべてを満たす優秀な若者だったそうだ。この中尉を中川大佐は、「からすまるくん」と呼んでいた。中川大佐は子供がいなかったため、烏丸中尉を自分の子供のようにかわいがっていたという。

この話は戦後、中川大佐の弟さんから聞いた。中川大佐がどんな人柄だったかわかるような気がする。

ペリリュー地区隊編成人員表

ペリリュー地区隊長	歩兵第二連隊長	大佐　中川州男	
第十四師団派遣幕僚	第十四師団司令部付	少将　村井権治郎	
地区隊本部	歩兵第二連隊本部		二百四十二（推）

陸軍				
西地区隊	歩兵第二連隊第二大隊		富田保二　少佐	六百三十五（推）
南地区隊	歩兵第十五連隊第三大隊 同配属部隊		千明武久　大尉	七百五十（陣中日誌）
北地区隊	独立歩兵第三百四十六大隊		引野通廣　少佐	五百五十六
直轄	歩兵第二連隊第一大隊		市岡英衛　大尉	六百三十五（推）
	歩兵第二連隊第三大隊		原田良男　大尉	六百三十五（推）
	歩兵第十五連隊第二大隊 同配属部隊		飯田義榮　少佐	八百四十（戦闘詳報）
	第十四師団戦車隊		天野國臣　大尉	百二十二
	歩兵第二連隊	砲兵大隊	小林與平　少佐	六百六十六（推）
		工兵中隊	五十畑貞重大尉	二百五十（推）
		通信中隊	岡田和雄　中尉	百八十（推）
		補給中隊	阿部善助　中尉	百八十五（推）
		衛生中隊	安島良三　中尉	百六十（推）
	海上機動第一旅団輸送隊の一部		金子啓一　中尉	八十六
	第十四師団通信隊の一部			三十九
	第十四師団経理勤務部の一部		山本孝一　少尉	四十六
	第十四師団野戦病院の一部		大矢孝麿　中尉	百十七

	第二十三野戦防疫給水部の一部		三十七
	第三船舶輸送司令部パラオ支部の一部	有園耕三　大尉	十一
計			六千百九十二（推）
海軍	西カロリン航空隊司令　大佐　大谷龍藏（中川大佐の指揮を受ける）		
	西カロリン方面航空隊ペリリュー本隊		七百二
	第四十五警備隊ペリリュー派遣隊		七百十二
	第三通信隊の一部		十二
	第二百十四設営隊	軍人　二十（推） 軍属　七百九十三	八百十三
	第三十建設部の一部	軍人 軍属	九百八十二
	南西方面海軍航空廠の一部		百九
	第三十工作部の一部		十
	第三隧道隊		五十
	特設第三十三、第三十五、第三十八機関砲隊（海軍配属陸軍部隊）		二百五十六
	計		三千六百四十六
総計			九千八百三十八

注　陸軍兵力の計は他の資料では五千五百八十五名（中川資料）、五千三百名（米海兵隊戦史）、六千六百三十二名（援護局資料）となって

おり、各資料ともまちまちであるが、本表がほぼ正確であろうと思われる。

（推）は各種資料からの推定。


敵が上陸する前、ペリリュー島には七百人くらい島民がいた。それを全部、本島に移した。当時の島の人は日本語がペラペラだった。島民のなかには、

「自分たちも戦わせてくれ」

という者がいた。しかし、中川大佐はそれをゆるさなかった。

「馬鹿を言うな。おまえたちは兵隊じゃないんだからここで死ぬ必要はない」

と言って無理矢理パラオ本島に行かせた。そのため、島民から犠牲者が出なかった。

現地では、いまでも中川大佐の人柄を慕う人が多い。

戦後、東京で生存者の集いがあった。その席で防衛庁から来ていた陸佐が、

「ペリリュー島は当時十回の天皇の感状を受けた。そして、善戦の功により、中川大佐は二階級特進し、中将に昇級された」

と言った。佐官級の将校で二階級特進したのは、アッツ島の山崎大佐とペリリュー島の中川大佐の二人だけだそうだ。

わたしは兵隊だったから中川大佐の指揮ぶりを見ていない。階級もかけはなれていたから会ったこともない。一度だけ、見張り台の前を馬に乗って通ったのを見たくらいだった。

しかし、一万人以上の兵隊を統率し、圧倒的に不利な状況であれだけの損害を米軍にあたえたのである。優れた指揮官だったのだとわたしは思う。

西浜の戦い

敵前上陸は、大量の兵を一気に上陸させることが鉄則である。ペリリュー島でそれができるのは西浜だけだった。連隊本部は、米軍の上陸地点を西浜とみて守りをかためた。

守備隊は、西浜を六つにわけ、北から、モミ、イシマツ、イワマツ、クロマツ、アヤメ、レンゲと名前をつけた。ここがペリリュー島における最初の防御線となる。

モミ、イシマツ、イワマツ、クロマツ（西地区隊）には、歩兵第二連隊第二大隊（大隊長、富田保二少佐）約六百三十五名がいた。ここには、

野砲一個小隊

四十七ミリ速射砲×二

三十七ミリ速射砲×二

軽機関銃×六

高射機関砲×四

が配備されていた。

アヤメ、レンゲ（南地区隊）は、歩兵第十五連隊第三大隊（大隊長、千明武久大尉）約七百五十人が守り、

野砲×一

四十七ミリ速射砲×一

三十七ミリ速射砲×一
高射機関砲×一
が米軍を待った。

午前八時。

リーフの向こうがわで機雷によって損害を受け、一時的に混乱におちいった上陸用舟艇たちが態勢をととのえた。そして、猛烈な艦砲射撃に守られながら上陸部隊がリーフをこえて海岸にむかってきた。

米軍は、モミ、イシマツ、イワマツ、クロマツ（西地区隊）とアヤメ、レンゲ（南地区隊）の正面から第一海兵師団（第一陣、十五大隊約一万人）をぶつけ、強行突破しようとした。

西浜にいる若い日本兵たちの視野いっぱいに米軍の舟艇がせまってきた。米兵たちの表情が見える。見たこともない水陸両用戦車もいる。

中央山岳地帯の天山では、野砲第二中隊（中隊長、天童隆中尉）と第一中隊の一部が砲台で照準をあわせていた。

上陸部隊の先頭が百〜百五十メートルのところまで来た。このとき、海岸線に配備していた速射砲と機関銃、天童隊の野砲と十センチ榴弾砲がいっせいに火を吹いた。

米軍にとってはとつぜんの反撃であった。島全体が猛然と砲火をあびせてくる。上陸部隊の先頭が前に進むことができない。うしろからはぞくぞくと部隊がおしよせている。そのため下がることもできない。西浜の海は米軍の船で大混乱となった。

守備隊の砲弾がつぎつぎと命中する。炸裂音とともに上陸用舟艇が炎上する。悲鳴とともに米兵の体が四散する。

沖にいた軍艦の艦砲射撃がはげしくなった。停止した上陸部隊を守るために発射サイクルをあげたのである。

オレンジビーチ

米軍は損害を受けながらも押し切ろうとした。物量にものをいわせ、後続部隊を押し込むようにして戦線を突破しようとした。

八時三十分。

全長約三キロある西浜の砂浜に上陸部隊の先頭が到達した。

中央山岳地帯に対する艦砲射撃はつづけられたが、上陸する米兵たちを傷つけないために海岸線に対する艦砲射撃はとまった。艦砲がやんだことにより、海岸線の守備隊は十分に照準を定めることができた。

水陸両用船が浜辺に乗り上げてとまる。歩兵を支援する水陸両用戦車が上陸を急ぐ。これに対し、海岸線に布陣した守備隊と中央山岳地帯の砲兵が火力を集中した。日本軍の砲弾が十字砲火となって上陸部隊を襲った。

※（米陸軍公刊戦史「フィリピンへの接近」から）

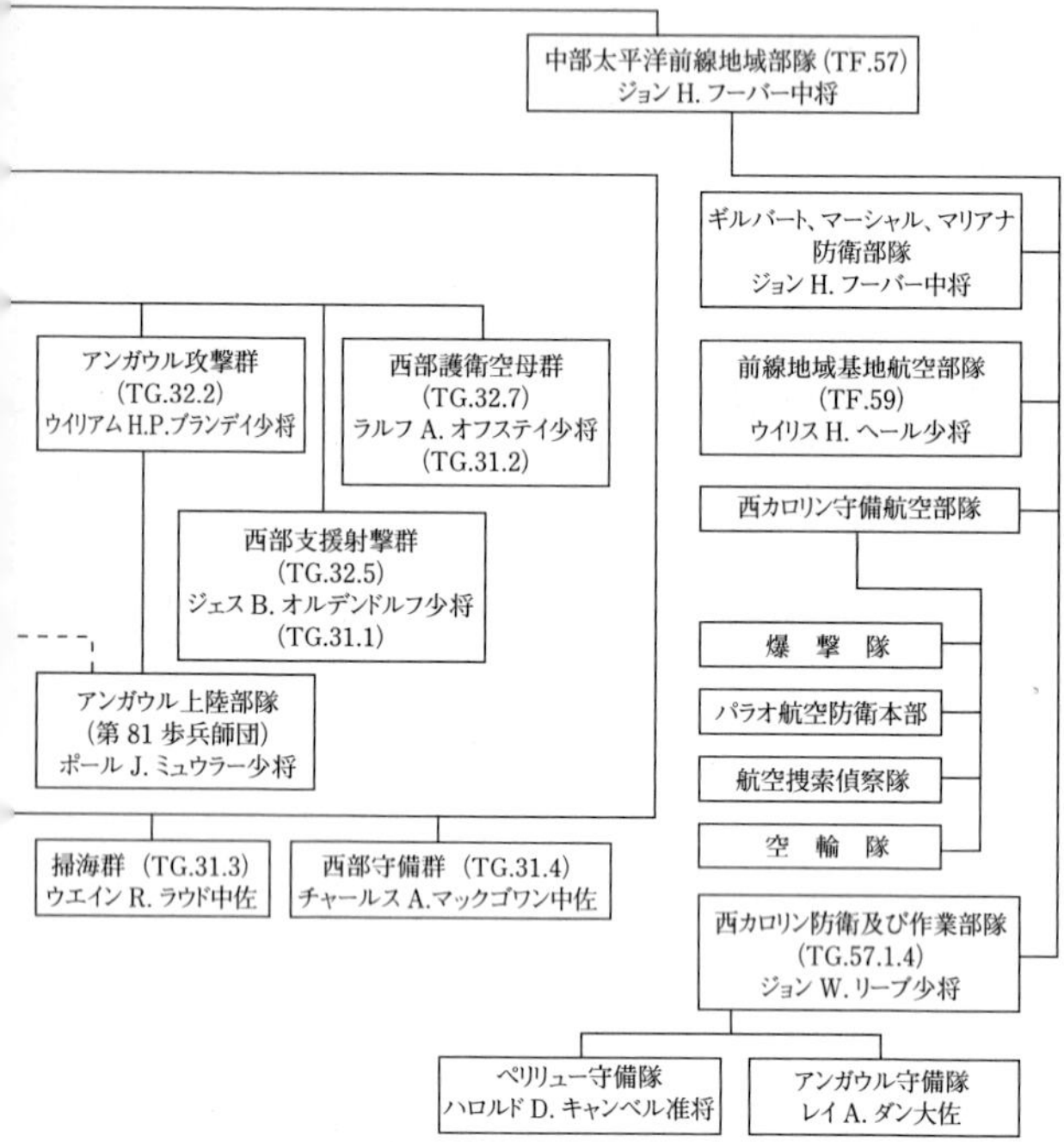
中部太平洋前線地域部隊（TF.57）
ジョン H. フーバー中将
ギルバート、マーシャル、マリアナ
防衛部隊
ジョン H. フーバー中将
前線地域基地航空部隊
（TF.59）
ウイリス H. ヘール少将
西カロリン守備航空部隊
爆　撃　隊
パラオ航空防衛本部
航空捜索偵察隊
空　輸　隊
西カロリン防衛及び作業部隊
（TG.57.1.4）
ジョン W. リーブ少将
ペリリュー守備隊
ハロルド D. キャンベル准将
アンガウル守備隊
レイ A. ダン大佐
アンガウル攻撃群
（TG.32.2）
ウイリアム H.P. ブランデイ少将
西部護衛空母群
（TG.32.7）
ラルフ A. オフステイ少将
（TG.31.2）
西部支援射撃群
（TG.32.5）
ジェス B. オルデンドルフ少将
（TG.31.1）
アンガウル上陸部隊
（第 81 歩兵師団）
ポール J. ミュウラー少将
掃海群（TG.31.3）
ウエイン R. ラウド中佐
西部守備群（TG.31.4）
チャールス A. マックゴワン中佐

米軍パラオ作戦部隊の編組

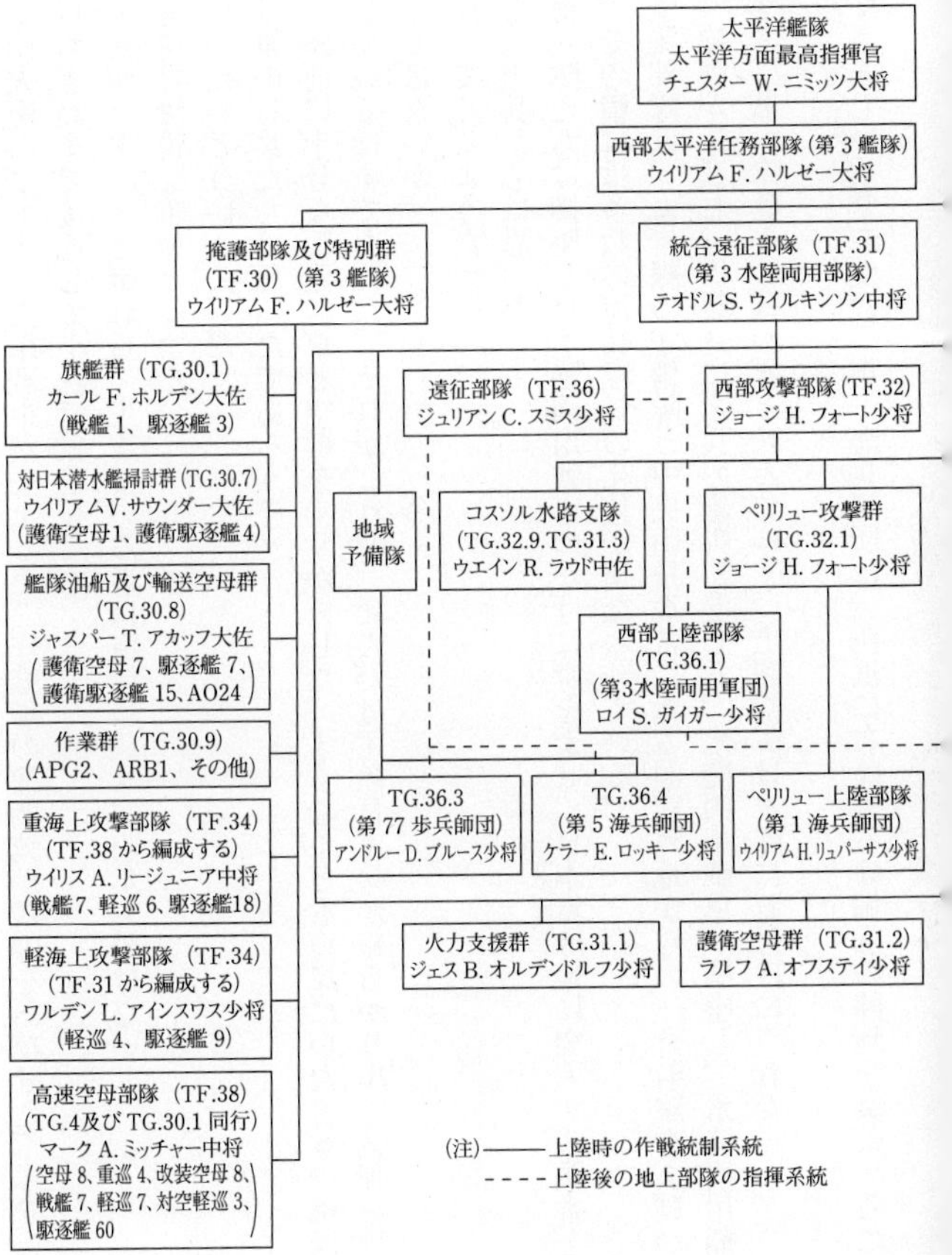
太平洋艦隊
太平洋方面最高指揮官
チェスター W. ニミッツ大将
西部太平洋任務部隊（第 3 艦隊）
ウイリアム F. ハルゼー大将
掩護部隊及び特別群
(TF.30)（第 3 艦隊）
ウイリアム F. ハルゼー大将
統合遠征部隊（TF.31）
（第 3 水陸両用部隊）
テオドルS. ウイルキンソン中将
旗艦群（TG.30.1）
カール F. ホルデン大佐
（戦艦 1、駆逐艦 3）
対日本潜水艦掃討群（TG.30.7）
ウイリアムV.サウンダー大佐
（護衛空母1、護衛駆逐艦4）
艦隊油船及び輸送空母群
（TG.30.8）
ジャスパー T. アカッフ大佐
（護衛空母 7、駆逐艦 7、護衛駆逐艦 15、AO24）
作業群（TG.30.9）
（APG2、ARB1、その他）
重海上攻撃部隊（TF.34）
（TF.38 から編成する）
ウイリス A. リージュニア中将
（戦艦7、軽巡 6、駆逐艦18）
軽海上攻撃部隊（TF.34）
（TF.31 から編成する）
ワルデン L. アインスワス少将
（軽巡 4、駆逐艦 9）
高速空母部隊（TF.38）
（TG.4及び TG.30.1 同行）
マーク A. ミッチャー中将
（空母 8、重巡 4、改装空母 8、戦艦 7、軽巡 7、対空軽巡 3、駆逐艦 60）
遠征部隊（TF.36）
ジュリアン C. スミス少将
西部攻撃部隊（TF.32）
ジョージ H. フォート少将
地域
予備隊
コスソル水路支隊
（TG.32.9.TG.31.3）
ウエイン R. ラウド中佐
ペリリュー攻撃群
（TG.32.1）
ジョージ H. フォート少将
西部上陸部隊
（TG.36.1）
（第3水陸両用軍団）
ロイ S. ガイガー少将
TG.36.3
（第 77 歩兵師団）
アンドルー D. ブルース少将
TG.36.4
（第 5 海兵師団）
ケラー E. ロッキー少将
ペリリュー上陸部隊
（第 1 海兵師団）
ウイリアム H. リュパーサス少将
火力支援群（TG.31.1）
ジェス B. オルデンドルフ少将
護衛空母群（TG.31.2）
ラルフ A. オフステイ少将
（注）——上陸時の作戦統制系統
- - - -上陸後の地上部隊の指揮系統

重砲火をあびて水陸両用戦車が炎上した。守備隊の機関銃が銃弾をあびせた。歩兵たちが波打ちぎわまで接近して小銃で狙撃した。

米兵がバタバタと倒れる。生きている者は海岸に伏せ、一歩も動けない。

海岸は凄惨な事態となった。

「いったいどういうことだ」

米軍の将兵たちは思ったであろう。

上陸前に十分な艦砲射撃と空爆をくりかえした。すくなくとも海岸にいた日本の部隊は全滅しているはずであった。それがどうだ。死んだはずの日本兵がむらがり出て銃弾を放ってくるではないか。

「湧いてくるようだ」

と、米兵たちは思った。

海兵隊たちは擱座した水陸両用戦車のかげに身をよせ、日本軍陣地に突入する順番を待った。その横には多数の海兵隊員の死体が横たわっている。

上陸部隊は、海岸線の守備隊と中央山岳地帯にある洞窟陣地からの一斉射撃をあびつづけた。砲弾が炸裂し、炸裂音に米兵の絶叫が混じる。水陸両用戦車が擱座し、水陸両用船が炎上する。若い米兵がつぎつぎと死んでゆく。上陸部隊は水際に釘付けにされた。

すさまじい攻撃を受け、第一海兵師団は、西浜に布陣する守備隊の陣地を突破することができない。米軍は負傷者をタンカで後方に運んだ。その間も米艦隊は発煙弾を撃ち込んで煙幕をはるとともに、ふたたび艦砲射撃を始めた。

海岸に対する艦砲射撃が再開されたということは、部隊が撤退を始めたことを意味する。事実、あまりの損害に耐えきれず、上陸用舟艇が沖に戻る動きをみせはじめた。米軍が第一次上陸作戦に失敗し、引き返しはじめたのである。ミッドウェー海戦以降の太平洋戦線における、ただ一度の退却であった。

この間、日本軍の損害も小さくはない。観測機を使った米軍の艦砲射撃の精度は高い。一発撃つと何十発という砲弾が撃ち込まれた。これによって日本の砲台陣地はつぎつぎとつぶされ、多数の日本兵が死傷した。海岸線の守備隊の損害も甚大だった。とくに、米軍がテニアン島攻略から採用したナパーム弾（弾に燃焼性の液体を充塡し、発射するもの。炸裂すると約一千度で燃焼し、広範囲を焼きながら破壊する）の威力はすさまじかった。

上陸直前に発射されたナパーム弾が西浜の守備隊をおそった。猛炎が日本兵たちを焼き殺した。

海上には数えきれない数の米兵の死体が浮き、海岸陣地には無数の日本兵が無惨な死体をさらした。いずれも二十代前半の若者たちであった。

上陸部隊が後退する際、負傷者は後送され、病院船に収容された。それに対し、重傷を負った日本兵はその場で死を待つしかなかった。

この日、島の気温は四十度をこえた。死にゆく日本兵たちは水を求めたであろう。しかし一滴の水を飲むこともできずに死んでいった。

米軍はリーフ付近まで後退した。遠ざかる敵に対し、守備隊が火力を集中した。さらに米軍の死傷者がふえた。

米軍の艦砲射撃と日本軍の砲弾が海上で交錯した。上陸部隊が大きく後退した。そのとき、スコールが来た。豪雨で視界がさえぎられた。日米の銃撃がとまった。雨は数十分であがった。

降雨のカーテンがあがると、驚くべき光景がひろがっていた。海岸が米兵の死体で埋まっている。海の色も変わった。青かった海が血にそまった。その色が米兵にはオレンジ色に見えたという。

このとき以降、この海岸は「オレンジビーチ」と呼ばれている。

米軍資料によると、守備隊はこの第一次上陸のとき、水陸両用戦車二十六両、シャーマン戦車三両、上陸用舟艇六十隻を破壊した。第一海兵師団の死傷者は千人以上にのぼった。

作戦変更

いったん退却した米軍は時間をかけて態勢をととのえた。そして作戦を変えた。

米軍は、西地区と南地区のあいだ（クロマツ陣地とアヤメ陣地のあいだ）が百メートルほど離れていることに気づいた。

これまでどおり西浜全体に上陸部隊をむけ、全面から上陸するとみせかけ、部隊の主力をクロマツ陣地とアヤメ陣地の「すきま」に集中し、一気に橋頭堡を築こうとした。

アッツから始まり沖縄までつづいた島嶼作戦において、日本軍の抵抗によって米軍が上陸作戦を変更したのは、この一度だけである。米軍の作戦変更の事実は、日本軍の善戦の記録ともいえる。


八時三十分すぎ。

米軍がふたたび上陸を開始した。

これに対し、西浜の守備隊が水際攻撃を開始した。壮絶な砲弾戦が始まった。

南地区（アヤメ、レンゲ陣地）の千明大隊は、歩兵部隊による攻撃を加え、それと連動して無名島の砲兵が横から砲弾をあびせた。右側面から攻撃を受けた米軍の上陸部隊は、これをさけようとして北に寄った。この想定外の動きによって、「すきま」付近が混乱状態におちいった。

これが守備隊の恰好の目標となった。団子のようになった上陸用舟艇群が集中砲火をあび、沖合の軍艦から双眼鏡で戦況を見る指揮官たちが、思わず目をそむけるほどの惨況となった。

「戦車を送れ、戦車を送れ、はやく、はやく」

「水陸両用装甲車は、艦船にはない、もう艦船にはない」

米兵の声が悲痛な叫びとなって無線で飛んだ。

このとき、西地区の米軍も悲惨な戦況の中であえいでいた。

イシマツ陣地前の海岸に数百名の米兵が上陸した。上陸した歩兵が砂浜を走り守備隊が作った対戦車壕（戦車の侵攻をくいとめるための穴。横にながく掘って作る）に飛び込んだ。

そのあいだに水陸両用戦車六台が上陸し、侵攻の準備を始めた。

そこに、天山の砲兵が集中砲火をあびせた。もうもうたる砂塵がおさまると、部隊はほぼ全滅していた。米軍はタンカで負傷者を後送し、この地区の上陸部隊は後退した。

西地区隊が目の前の上陸部隊と戦っているあいだに、作戦変更により編成された上陸部隊が、クロマツ陣地とアヤメ陣地のあいだの「すきま」（飛行場南西端）に上陸した。

それに気づいた西地区隊の歩兵部隊が攻撃を開始した。

日米の歩兵による接近戦が始まった。それは、日本最強といわれる水戸二連隊と米陸海軍においてもっとも精強とされる第一海兵師団の戦いでもあった。

海岸線で壮絶な銃撃戦が展開した。小銃音が鳴りひびき、野砲が火を吹いた。

しかし、米軍の足はとまらない。大きな損害を出しながらも、ついに飛行場南西端に約一個連隊の米兵が上陸した。時間は、午後四時をすぎていた。

近代戦において、八時間以上も不休で戦闘がつづいたという例は少ない。

防御線を突破すると、米軍はつぎつぎと部隊を上陸させた。

これを防ごうとして守備隊の歩兵が接近する。両軍の距離は十数メートルになった。もはや小銃を撃つひまもない。おたがいが至近距離で手榴弾を投げ合う。

日本兵が手榴弾を投げた瞬間に被弾して即死し、投げた手榴弾が上陸部隊の中に落ちて米兵が死傷する。凶相をおびた日本兵が喊声をあげて突進する。米兵が機関銃で突撃してくる日本兵を掃射し、なぎはらう。数人の日本兵が機銃陣地をこえて米軍陣地に乱入する。恐怖にかられた米兵が声を出しながら逃げまどう。

なぜ、自分たちが殺し合いをしなければならないのか。その理由もわからないまま、日米の若者たちによる戦闘はつづく。

両軍の戦いは熾烈をきわめ、死傷者が続出した。強い日差しが照りつけるなか、海岸線には累々と両軍の死体が横たわっている。

日米の火力の差は大人と子供だった。日本兵が一発撃つと数百発の弾丸が返ってくるという印象だった。

いったん部隊が上陸すると強大な火力を持つ米軍に守備隊は圧倒されはじめた。とくに、戦車が上陸してからは戦局は一方的になった。

米軍は死傷者を出しながらも、クロマツとアヤメ陣地のあいだから侵攻し、夕方には戦車をともなって飛行場の近くまで進出した。そして、天山に接近し、中央山岳地帯に対する攻撃を開始した。

米軍が海岸線に布陣した陣地のあいだをすりぬけ、そのまま飛行場を通って島の中央にむかったため、西浜（西地区と南地区）の守備隊の主力が生き残った。

砲弾

わたしはそのころ中山にある海軍通信隊の壕にいた。この壕の入口には石を入れたセメント樽が積み重ねてあった。造りが堅牢であったため、「この中にいれば大丈夫じゃろう」という安心感があった。

西浜の海岸をあがると飛行場がある。その飛行場のうしろに富山、天山、中山が並んでいる。いずれも小さな山である。中川大佐らがいる連隊本部は大山にあった。

西浜から上陸した米軍は飛行場を通って島の中央にある山岳地帯をめざす。中山に布陣した海軍部隊の任務は、大山方面にむかう米軍を食い止めることにあった。

壕の中には三十二名の兵隊たちがいた。あちこちから集まってきた連中ばかりだったので、知らない者がほとんどだった。第一中隊の中隊長も見たことがない人だった。それどころか、わたしは自分の小隊長の名前も知らなかった。この点、同じ郷土出身の兵隊で構成され、強い連帯意識をもった陸軍の部隊とはまったく違っていた。

「飛行場は完全に米軍に制圧され、戦車を先頭に山麓に攻めてきた」

という情報が入った。いよいよである。

わたしはこの中隊の機銃班となった。壕の入口に一式陸攻からはずした旋回機銃が据えてある。発射する弾の直径は七ミリであった。A兵長と二人でこの機銃を撃たなければならない。その準備をしているとき、上野二曹が、

「銃身に何か冷やすものを巻かないと、焼けて弾が出なくなるぞ」

と言う。

「では、何か巻くものを探さなくてはいけませんね」

わたしはまわりをごそごそ探しはじめた。

壕の外ではものすごい戦闘がおこなわれている。上空からはグラマンが爆弾を落とし、沖合にいる米艦隊は艦砲射撃による砲弾の雨を降らせた。砲弾と爆弾がたえまなく地面をえぐり、くだかれた岩の破片が爆風によって弾丸となり空気を切り裂いた。ものすごい音と振動が体を揺さぶる。いま外に出れば数秒で屍《しかばね》となるだろう。

あまりのすごさに、「小さなこの島にこれほどの攻撃をする必要があるのか」とわたしは思った。

十五日の昼すぎ。

砲爆弾が降りそそぐなか、二人の日本兵が壕に飛び込んできた。見ると、大原一等兵と栗山上等兵ではないか。どちらも知っている。

「こんなときになんの用じゃろか」

と、驚いていると、二人は中隊長のところに行き、

「中隊長、敵戦車が飛行場に上陸しました」

と言う。そして、

「機関砲で応戦しましたが効果なく、敵の戦車砲を喰らってトーチカの入口がポッカリと大きな口をあけ、どうすることもできず、引きあげてまいりました」

と言った。

これに中隊長は怒った。

「馬鹿者。なぜ持ち場を離れるか。入口が大きくなれば視野が広くなって応戦しやすいはずだ。即刻帰り、飛行場を死守せよ」とどなり、「おまえたちばかりは死なせぬ。中隊長とて何時でも死を覚悟しているのだ」とつけくわえた。

わたしはなまじ二人を知っているだけに、その場にいることが気まずかった。すると魚屋だった栗山上等兵が、「おい大原、行くぞ、行くぞ」と声をかけた。

大原一等兵は、「栗山さん、こんなに弾が来るところをですかあ。外は弾が飛びかってますよお」と悲しそうな声を出す。

栗山上等兵はいらいらして、「そんなことを言っていたんじゃ行くときはないぞ。このばかやろうがあ」と怒った。

そのとき、奥からA兵長がわたしを呼んだ。

「オーイ、土田、これを銃身に巻いたらどうだろう」

わたしは、「はあい」と返事しながら三十メートルくらい奥に走った。

と、その瞬間、
ズダーン
ものすごい音と振動が壕をおそった。三十六センチの艦砲が壕の入口に直撃したのだ。壕の入口付近に積んであったセメント樽は吹き飛び、メチャメチャになった。

砂塵がおさまると信じられない光景が目に飛び込んできた。入口付近にいた兵たちのほとんどが死んでいる。大原一等兵は壕内の壁にはりつき、真っ二つになっていた。すさまじい惨状であった。さっきまで元気だった栗山上等兵は虫の息となり、

「ちゅうたいちょおお……あとはたのんまあああす……みずう……くれええ……みず……」

としゃべっている。栗山上等兵の水を求める声はしばらくつづき、やがて聞こえなくなった。

わたしはその光景を、壕の奥から茫然と見ていた。

中隊長の声で我に返り、いそぎ遺体をかたづける。

その間も、さっきの声が耳に残って消えない。

「人間が死ぬときは、あんなに水を欲しがるものなのだろうか」

栗山上等兵が求めた水が「末期の水」であろう。戦友から聞いた話によると、人間は死ぬ前に一升瓶一本くらいの水を飲むそうだ。それくらい喉が渇くらしい。

戦場では水が枯渇する。栗山上等兵が死んだときも、各自の水筒には、わずかな水が残っ

ているだけだった。負傷兵に飲ませればまたたくまに飲み尽くしてしまうだろう。水筒の水は自分の「死に水」である。かわいそうだったが負傷兵に水をわけることはできなかった。

このときの一発で、三十二名中十四名が戦死した。壕の入口付近にいた者はほとんど死んだ。わたしは一、二秒前までそこにいた。自分の運の強さに改めて驚いた。

この壕の唯一の武器である旋回機銃も爆風で砂まみれになり、使えなくなった。

出撃

九月十五日の午後。

第一中隊第一小隊に出撃命令がおりた。わたしはどこに行くのかもわからないまま、小隊のうしろについて外に出た。

我が小隊の装備は擲弾筒と小銃、それから一人一個の手榴弾しかない。とうてい米軍に対抗できる火力ではない。米軍の地上部隊と戦闘が始まれば、すぐに全滅するだろう。

中山の稜線には歩兵第二連隊第三大隊が布陣し、飛行場にいる米軍に猛攻を加えていた。中山のふもとを通過するとき、砲の発射音がこだまし、すさまじい音響となってわたしの耳にとどいた。飛行場の直近にある山の上から野砲を撃ちおろしているため、米軍は相当の被害を受けていることだろう。

中山北部（飛行場の反対側）の中腹には、海軍の中、小の壕が点々とあった。十何個、あるいはそれ以上あったのではないか。岩の割れ目を改造したような壕が多かった。大きいものはない。いずれも海軍陸戦隊の壕である。この小規模の壕に小隊単位、あるいは分隊単位で潜伏し、米兵を狙撃し、夜になるとゲリラとなって夜襲をかけるのである。

中央山岳地帯は、ものすごい艦砲射撃と空爆を受けていた。絶え間なく周囲で砲弾が炸裂する。いまにも体が吹き飛びそうだ。

小隊はややバラバラになって前に進んだ。どうやら南征山のほうにむかっているらしい。壕を出てから何分後だっただろうか。

ズダーン

わたしの前方で砲弾が炸裂した。一瞬で、数人の姿が消えた。艦砲射撃だったか、あるいは戦車砲だったか。わたしは後ろのほうにいたので無事だった。小隊は十五人くらいになってしまった。

爆弾がどんどん降ってくる。艦砲射撃は夕方になってもやまない。

米軍の侵攻をくいとめようと、中央山岳地帯の二十センチ砲と野砲が砲身を焦がしながら迎撃している。

地面を這うようにして進む小隊の頭上を、両軍の砲弾が飛び交う。小隊がとまった。斥候の報告を待っているのだろう。岩場に伏せて一息つく。

喉が渇く。水が飲みたい。ふと見ると、渓谷を二枚羽根の観測機がゆっくり飛んでいる。守備隊が重火器を撃つと砲台陣地がどこにあるかがわかる。その位置を無線で指示しているのである。

見上げると観測機から米兵が顔を出している。真っ赤に日焼けした赤顔であった。その顔が憎々しい。わたしは九九式小銃をかまえ、米兵の顔に照準を合わせ、パンと撃った。弾はとどかず、飛行機はそのままどこかに飛んでいった。

水を求めて

南征山のふもとまで来た。ここには野戦病院の壕があった。わたしたちの部隊は野戦病院の近くで待機した。予想以上に米軍の侵攻がはやい。まもなくここにも米軍が攻めてくるだろう。来れば死なざるをえない。

それにしても、暑い。島を覆っていた樹木は、米軍の艦砲射撃と空爆によって消滅した。もう日差しをさえぎってくれる木はない。直射日光が容赦なく照りつける。喉が渇いて焼けつくようだ。

「水が欲しい。水、水、水……」

頭が水のことでいっぱいになり、それ以外のことが考えられない。

野戦病院の壕には水があった。たまらず、数名の兵とそこに行き、ドラム缶の蓋をあけて水を飲もうとした。すると軍医から、

「おまえたちは負傷した者に飲ませる水を飲んでしまうのか」

と叱られた。

わたしは、「わかりました」と言ってその場を離れた。外に出ると太陽が照りつける。渇

きにたえきれない。

　この山の下の湿地帯に水がたまっている。まえにその水を飲んだことがある。すこし塩からく、くさったような臭いがした。そのときは顔をしかめて飲むのをやめた。しかし、いまはそのくさい水が飲みたい。喉がいまにも焼けつきそうだ。水が飲めないことがこれほど辛いとは。

　しかし、湿地帯の上には敵の機銃が据えられている。崖下の水たまりにあつまってくる日本兵を待っているのだ。

　行けば死ぬ。わたしは迷った。しかし、渇きは死ぬことよりも苦痛であった。どうせ死ぬのなら水をたらふく飲んで死にたい。

「俺は行くぞ」

　近くにいた戦友に言った。

「よし。俺も行く」

　一人同行者が出た。二人は水を求めて斜面を駆けおりた。五十メートルほど下にある湿地帯まで走り、二メートルほどの高さの崖を飛びおりて水たまりに顔を突っ込んだ。

　腹いっぱい水を飲んだ。うまい。水が全身にひろがり体がふくらんでゆくようだ。ふと見ると、付近に三人の日本兵の死体があった。水を飲みに来たところを米兵に撃たれたのだ。

「いかん。急がねば」

あわてて水筒に水を入れる。

ダダダダダダ

「見つかった」

崖を駆け上った。そのときの気温は四十度以上あった。上りきったときには喉が焼けるような渇きを感じた。飲んだ水は一瞬で蒸発してしまった。

とはいえ水が飲めた。水筒一本分の水も確保できた。われわれ二人は水筒を抱えて岩陰にへたりこんだ。

このあと、米軍が大山の連隊本部近くまで攻めてきているという情報が小隊に入った。しばらくすると伝令が来て、第一小隊は中山の通信隊壕に戻れ、という命令が伝えられ、小隊長から、

「バラバラになって通信隊壕に帰れ」

と指示された。

わたしはさっそく、さっき来た道を引き返しはじめた。

通信隊の壕にはわたしが一番はやく着いた。そのあと小隊の連中がパラパラ帰ってきた。

戦車隊

わたしが通信隊の壕に戻ったころ、数十台のシャーマン戦車が飛行場に進出した。これに

天野国臣大尉ひきいる軽戦車十七両が攻撃を開始した。

資料には「九月十五日の午後四時四十分ごろ」と書かれている。

戦車隊には、歩兵第二連隊の第一大隊と第二大隊から決死隊が編成され同道した。

連隊本部は、日本の戦車に期待をかけていた。しかし、日本の戦車砲は三十七ミリしかない。仮に命中しても、シャーマン戦車の四十二ミリ装甲にはねかえされてしまう。戦車戦は装甲の厚さと砲の大きさで決まる。日本の戦車に勝ち目はなかった。

飛行場には遮蔽物がない。そこにカラカラと音を発しながら日本の軽戦車が走ってきた。シャーマン戦車の砲は七十五ミリ砲である。装甲が薄い日本の戦車はつぎつぎと破壊され、火だるまになった。

爆弾を装着した日本の戦車が体当たりし、米戦車三両を破壊したのが唯一の戦果であった。

九月十五日午後五時ごろ。

天野戦車隊百二十二名は全滅し、日本の将兵はすべて死んだ。わずか数十分の戦闘であった。

これに関し、「戦車隊の投入がおそかった」という批判がある。もっとはやく出撃し、海岸線で上陸部隊を攻撃すればもっと戦果があったはずだという。

しかし、わたしはだめだったろうと思う。制海権も制空権も完全に米軍に奪われている。そういう状況で海岸線に戦車を配置しても、艦砲射撃やグラマンにやられていたはずである。

資料を読むと、南方の島々で戦車隊は片っ端からやられている。装甲が薄く、小さな砲しかもたない日本の戦車は、いかなる作戦をもちいても、米軍には通用しない。

千明大隊の夜襲

九月十五日（一日目の夜）。

米軍上陸後、はじめての夜が来た。外は照明弾で昼のように明るい。守備隊の夜間攻撃を警戒しているのである。

この夜、中川隊長は、千明《ちぎら》大隊（歩兵第十五連隊第三大隊、千明武久大尉）に夜襲を命じた。目標は、アヤメ、レンゲ両陣地の正面に橋頭堡を確保している米軍である。米軍の橋頭堡が完成する前に大部隊による夜襲をかけ、海上に押し返そうとしたのである。

しかし、米軍の警戒は厳重であった。鉄条網を敷き、二重三重の機銃陣地で囲っていた。千明大隊は果敢に攻撃し、米軍の指揮所を突破して混乱させ、米軍に相当の死傷者を出したが、部隊を後退させることはできなかった。

この間も、米軍はぞくぞくと部隊を上陸させ、橋頭堡の火力を強化した。

夜襲は失敗し、部隊は大きな損害を受けた。

十六日の明け方、千明大隊長が戦死し、第十五連隊は六十パーセント以上の死傷者を出した。

米軍上陸以来二十四時間で、南地区を守った第十五連隊約七百五十人のうち、生き残っている者は約三百人になった。アヤメ、レンゲ両陣地も米軍のものとなった。

千明大尉のあとに指揮をとった奥住栄一中尉（同大隊第七中隊長）は、残った兵を集め、アヤメ、レンゲ陣地の南にある南島半島にむかった。

棒地雷

九月十五日。米軍上陸初日。夜。

みな戻ってきた。壕内で全員が集められた。そして、陸軍の兵から、

「おまえはこれだ」

と棒地雷を渡された。棒地雷は陸軍しかないため、見るのははじめてであった。棒が曲がっており、刀のさやを大きくしたような形をしていた。先に爆薬筒がついている。

「はい。わかりました」

と答えたが、使い方がわからない。

こっそり、「なんですかこれ」と陸軍の兵に聞いた。

「いいか、この安全棒をこう引っこ抜く。確実にやっつけるためには、体もろとも戦車のキャタピラに突っ込むんだ。キャタピラが吹っ飛ぶか、または戦車が炎をあげて燃える」

と指導を受ける。

わたしは聞きながら、肉弾三勇士のことを思い出した。肉弾三勇士とは、昭和七年の上海事変中、陸軍工兵隊の三人が敵陣地の鉄条網を突破するために、点火した破壊筒をもって突

入し、爆死した話である。軍事教育などで「英雄」として教えられてきた。

その話を聞いたとき、「ほおお、すごいことをするもんじゃなあ」と感心していたが、まさか自分が同じ運命をたどるとは夢にも思わなかった。

外は敵戦車が暗闇の中を駆けまわっている。飛行場を占領した米軍が、付近にある守備隊の陣地を掃討しているのである。そして、

「シャーマン戦車が中山に接近してきた」

という情報が入った。われわれの壕の存在を米軍は知っていた。シャーマン戦車の七十五ミリ砲が砲撃を開始した。その一発が入口に命中した。

壕内は、石ころの混じった爆風を喰らい、砂塵に包まれた。敵戦車の砲撃はつづく。米軍の火力は圧倒的で、まったく抵抗ができない。われわれは壕の奥にひっこみ、息をひそめて体を寄せ合った。

三十分ほどすると静かになった。戦車隊が通過したようだ。

かめさぶろう

とつぜん、中隊長がすっくと立ちあがり、

「よおおし。いまから戦車こうげきいいい」

と叫んだ。みな中隊長のまわりに集まる。みな神妙な面持ちであった。

「これから戦車攻撃に出る。希望者は手を挙げろ。三名だあ」

壕内は異様な空気につつまれた。誰も手を挙げない。中隊長が一人ひとりの顔をねめまわす。わたしの心臓の鼓動がはやくなった。呼吸も苦しい。

「はい、わたしが行きます」

陸軍から一名出た。陸軍の伍長か兵長であった。

「はい、わたしが行きます」

海軍の一人が手を挙げた。海軍も一名出た。自らすすんで死にに行くという。えらい男たちであった。

「二人……あと一人……」

わたしは心の中で数えた。三人目がなかなか出ない。空気が重い。息が苦しい。わたしも手を挙げなければならない。しかし、手を挙げれば死ぬ。さあ、どうしたもんか。

中隊長が、

「あと一名、誰かいないのかああ」

と叫んだ。わたしは棒地雷をかついだまま、

「自分も祖国のために戦わなければならない。死はこの島に来たときに覚悟している。勇気を出して手を挙げ、日本男児らしく死ぬべきだ。何を恐れている、手を挙げろ」

と自分に声をかける。しかし、手を挙げようとすると、別の自分が声をかけてくる。

「でもねえ……いま死んでもねえ……まだ米軍が上陸してから一日しかたってないし……どうすっかねえ……」

と迷いに迷った。そのときである。

「小寺一等兵行きます」

と、となりにいた小寺が手を挙げた。そして、

「死ぬときはいさぎよく死ねと両親から言われました」

と言い放つではないか。わたしはのけぞるほど驚いた。

小寺亀三郎はわたしと同じ部隊の整備兵だった。わたしが一回目の召集で小寺は二回目だった。年は同じだったが、わたしが上等兵で小寺は一等兵だったので、わたしのほうが威張っていた。小柄でぽっちゃりした男だった。

鹿屋航空隊ではあわれなものだった。性格がおっとりして、不器用で、なにかにつけヘマばかりしていた。オテラサン、オテラサンと馬鹿にされ、先輩兵にいじめられていた。

この壕に来たときも、わたしにペコンと頭をさげて、

「土田さん銃の撃ちかたを教えてください」

と聞いてきた。

わたしは舌打ちをして、このばか、ちょっと貸せ、と銃をとり、

「いいか、弾はこうやって装塡する。危ないから安全装置はこうする。撃つときはこれを回せ」

「はい、わかりました。ありがとうございました」

と教えてやったりした。

その小寺が決死隊に志願した。これまで小寺を馬鹿にしていた先輩兵たちがもじもじしているなか、小寺が堂々と手を挙げたのである。

先輩であるわたしが行くべきところをあいつが志願した。結果的にわたしの身代わりになって出撃してくれたことになるであろう。そう思うといまでも涙が出る。

小寺のことは、京都出身ということしか知らない。戦後、ご家族の方に小寺の最期を伝えようとして探したが、ついにわからずじまいだった。このことがいまもって心残りである。

決死隊を志願した三人は、中隊長に、

「頭右《かしらみぎ》。行って参ります」

と敬礼した。中隊長が満足そうにうなずきながら、

「しっかりたのむぞ」

と一人一人と握手をした。

三人が一列になって壕を出ていった。一番うしろから小寺が背中を丸めてヒョコヒョコついて行く。これから死にに行こうというのに、どことなくユーモラスな姿であった。わたしは、このときの小寺のうしろ姿が忘れられない。

三人が出撃して二十分くらいが過ぎたころ。ものすごい爆音が聞こえた。

「やったか」

誰もがそう思ったが、誰も口を開かない。沈黙が壕内をつつんだ。

あとでわかったことだが、このとき小寺たちは米戦車を二台撃破している。

わたしは小寺たちが出発したあと、水を汲みに行ったときに炎上する戦車を見た。水陸両用戦車だった。わたしが見たときには二台あったが、いま、ペリリュー島に残っているのは一台だけである。残った一台が小寺が爆破したものだとわたしは信じる。

できるならば、小寺戦車あるいは「亀三郎戦車」と名づけたい。いまでもそう思っている。

水汲み

メシを食わなければならない。米はあった。しかし米を炊く水がなかった。五十メートル下に水場（井戸）がある。中隊長から「誰か水を汲んでこい」という命令があり、三人が行くことになった。この三人の一人にわたしが選ばれた。

われわれは静かに壕を出た。さいわい付近に米軍はいない。沖合に停泊する軍艦が照明弾を打ち上げている。昼間のように明るい。米軍の艦砲射撃と地上からの砲撃は夜もつづけられた。砲弾がやむことなく飛んでくる。水汲み隊は、がれきの中を這うように進んだ。

約十分かかって水場まで来た。前方にメラメラと炎が見える。近づいてみると水陸両用戦車二台が真っ赤になって燃えていた。時間、場所からして小寺たちがやったものに違いない。決死隊の戦果であった。

戦車二台は水場の近くで燃えていた。まわりを見まわす。米兵はいない。

「いまだ、水を汲め」

小隊が必要としている水だ。なんとしても汲んで帰らなければならない。かついできた水缶をおろし、地面に這いつくばって水を入れた。

「よし、溜まった」

水が入った水缶をかかえて早々に引き上げようとしたとき、何かにつまずいた。見ると体の大きな黒人が銃を持ったまま死んでいた。よくよく見ると、他に三人の敵兵が体を半焦げにして戦死している。一人は白人だった。死体の腕時計がチッチッと動いている。わたしはその時計と敵の銃をとって壕に帰った。

「中隊長、ただいま帰りました。敵の自動小銃を持って参りました」

と腕時計をしたまま報告した。

「よおし、ご苦労」

その水でさっそく飯を炊く。この壕を夜明け前に出撃しなければならない。富山には第一中隊第二小隊が布陣していた。その日、わが第一小隊に、

「富山に行き、海軍の二小隊と合流し、海岸線にいる敵と戦え」

という命令が下っていたのだと思う。

地上戦

九月十五日の深夜。

われわれ第一小隊は、壕を出て富山方面にむかった。夜だから飛行機による空爆はない。しかし、艦砲射撃と地上砲火がすごかった。周囲のいたるところで砲弾が炸裂している。い

まにも体が吹き飛びそうだ。

「いつ自分に当たるか」。それだけを考えながら進んだ。


九月十六日の早朝。

南征山と大山の間まで来た。現在、「中川大佐の自決の碑」があるあたりだと思われる。そこで米軍の歩兵部隊と衝突した。戦車は、山のすそのまでしか上ってこれないため、幸いにもここにはいなかった。

小隊はバラバラになった。全員、付近の小さい穴や岩かげにひそみ、小銃をかまえた。銃撃戦が始まった。指揮官がどこにいるのかわからない。突撃の号令も聞こえない。付近を見ても日本兵の姿が見えない。米兵の姿も見えない。お互いに隠れて撃ちあっていた。むこうも怖い。こちらも怖い。

照準もしないで敵がいると思われる方向にむかって引きがねをひく。映画のようにあちこちを飛びまわり、弾をよけながら撃ちあうようなことはとてもできない。岩や木のうしろに隠れて撃つのが精一杯であった。相手も同じなのだろう。米兵の姿は見えず、弾だけが飛んできた。

それにしても米軍の火力はすごい。一発撃つと蜂の大群が飛んでくるように弾が飛んできた。国力の差をまざまざと感じた。

まわりで戦友たちが斃れてゆくのがわかった。

「こりゃ、ここで戦死じゃな」

わたしは、岩のかげで覚悟を決めた。

小隊は完全にバラバラになった。このとき何人、戦死したのかわからない。生き残った者もいたであろう。その者たちは通信隊壕に戻ったか、あるいは付近にある壕にひそんだか。

夜が明けた。

わたしは一人になっていた。

富田大隊の戦闘

九月十六日。午前八時。

米艦隊の艦砲射撃にくわえ、艦載機による空爆が開始された。

それを合図に第一海兵師団は、一隊が南地区隊（千明大隊の残存兵）がいる南島半島方面にむかい、もう一隊は、戦車十両を連ね、二個連隊の歩兵をもって飛行場を北進した。

その北進部隊に対し、天山の砲台陣地が、十センチ榴弾砲×三、野砲×一で攻撃し、大きな損害を与えた。しかし、北進部隊はひるまず前進をつづけ、滑走路の北にある飛行場施設の守備隊を蹂躙《じゅうりん》し、さらに、西浜（イシマツ、イワマツ、クロマツ陣地）を守る歩兵第二連隊第二大隊（隊長、富田保二少佐）への攻撃を開始した。

これによって富田大隊は、海側にいる上陸部隊と飛行場から侵攻してきた北進部隊に挟撃されることになった。

富田大隊は、ただちに白兵戦に突入した。

このとき、中央山岳地帯（天山や大山）から、十センチ砲と野砲が火を吹き、撃ちだされた砲弾が飛行場にいる米軍を襲った。この攻撃によって米軍は多くの死傷者を出した。

しかし、日本軍の砲門が火を吹けばその数分後には沖にいる米艦隊が集中砲火をあびせ、高地にある砲台は破壊された。

米軍の艦砲射撃は観測機にみちびかれ、正確であった。

海岸線に孤立した富田大隊の陣地から、中央山岳地帯の砲台が沈黙してゆくのが見えたという。


九月十六日。午後三時。

イシマツ陣地において富田隊長（少佐）が戦死し、第五中隊長、中島正中尉が重傷をおって自決した。第四中隊、第五中隊の死傷も、五十パーセント以上に達した。

富田隊長のあと、第六中隊長の大場孝夫中尉が指揮をとった。

米軍の機関銃がシャワーのように弾をまきちらして日本兵をなぎたおす。突撃した日本兵が米兵を至近距離から射殺する。敵味方の死体が海岸付近を覆い、日本兵と米兵の死体が折り重なる。その光景は、地獄を見るようであったという。

九月十六日の夕方。

米軍は、中山のふもとまで進出した。

この日の夜、西地区の残存兵が夜襲をおこなったが撃退された。生き残ったわずかな兵は富山まで後退した。

南地区隊も奪われた無名島を奪回するために夜間攻撃をおこなったが、成功しなかった。

中川大佐が指揮する連隊本部の主力は、中山方面に進出してきた米軍に肉弾戦をおこない侵攻を食い止めようとした。しかし、戦車、ナパーム弾、火炎放射器などの近代兵器による反撃を受け、ほとんどの日本兵が焼けただれて死んだ。連隊本部の攻撃は深夜までつづいたが、米軍の防御線を突破できなかった。

中川大佐は、この日、兵力をまとめて戦線を整理し、態勢の立て直しをはかった。

西浜から飛行場までの平地は、完全に米軍のものとなった。西浜の守備隊はちりぢりになり、西地区隊と南地区隊の組織的な戦闘は終わった。

この島の戦いは、飛行場の占拠によって勝敗が決したかのように見えた。しかし、ペリリュー島守備隊の抗戦は執拗だった。米軍は、このあとも出血を強いられてゆく。

太平洋戦争を通じ、最大の激戦となったペリリュー島の戦いは、まだ始まったばかりであった。

これまでの日本軍の作戦は水際撃滅作戦だけだった。海岸線に陣地を作り、そこに全兵力をおく。そして、戦況が苦しくなると「万歳」と叫びながら突撃し、全滅した。サイパン島、テニアン島、グアム島は、このバンザイ突撃によって戦闘終結がはやまった。

しかし、ペリリュー島では、「持久戦に徹せよ」という中川大佐の作戦命令が徹底されていた。米軍が上陸する前、

「死はたやすく、生は至難」と訓示し、

「米軍をおそれるな。持久戦の準備はできている。海岸線で攻撃されてもバンザイ突撃をせず、島の中央に転進せよ。そして、最後までねばり、一兵でも多くの敵を殺せ」

と言ったという。

ペリリュー島の守備隊は方針どおり、「水際撃滅作戦」から山岳地帯における「持久戦」に移行した。一方、橋頭堡を築いた米軍は、重厚な機銃陣地を作り、日本兵の突撃を待った。

しかし、その気配がない。

「この戦いは、これまでとは違う」。米軍の将兵は、そう思ったであろう。

潜伏

九月十六日、夜。

わたしは一人で岩の陰に座り、途方にくれていた。

そこに第二中隊第二小隊の高田誠二上等兵（大阪出身）が通りかかった。偶然であった。

声をかけて事情を話すと、近くに鍾乳洞があるという。場所を聞くと、案内してくれるという。わたしは欣喜雀躍し、高田上等兵につれられて鍾乳洞にむかった。

中山と天山の間に谷がある。そこに吊り橋があった。そこを渡ると二、三メートルの崖が

ある。そこを梯子で降りてすこし右に行ったところに鍾乳洞はあった。

この鍾乳洞は自然の洞窟で、海軍の第一中隊第二小隊が見つけたことから「海軍鍾乳洞」と言われていた。おそらく、米軍に未発見の最後の集団壕であろう。百名くらい収容できる大鍾乳洞である。入口は小さく、中は広い。入口だとわからないように偽装していたこともあり、外から見るとここに大きな鍾乳洞があるとは思えない。

地面は凸凹している。天井にはツララのような鍾乳石がぶらさがり、水滴がポタ、ポタと落ちてくる。湿気が高いので不快ではあるが、水が落ちてくるのは助かった。水滴がポタ、ポタと落ちてくる。米軍が外にいるため水を汲みに行けない。わたしは一日かけて水滴をコップにため、大切に飲んだ。

高田上等兵は、わたしを案内すると第二小隊が布陣する富山のほうに帰って行った。どうやら伝令のような任務をしていたようだ。

わたしはすっかり安心し、その夜は泥のように眠った。

富山の攻防

九月十七日。戦闘三日目。早朝。

この日、米軍は、軽、中戦車を先頭に、約一個大隊が中山に、別の一個大隊が海岸側の富山を攻撃した。

この島で戦闘が開始されてから、守備隊には、一つぶの米も一発の弾丸も補給がない。将兵たちは消耗し、生存兵は少なくなっていった。

勝敗は決まっていた。守備隊に勝ち目はなかった。このことは戦っている兵たちがもっともよくわかっていた。しかし、誰も「降伏しよう」とは考えなかった。死ぬまで戦う。これ以外に道はなかった。そのため、この島の日本兵の抵抗ははげしく、際限のないものであった。

富山には西浜の海岸から撤退した大場中尉の部隊がいた。大場中尉は残存兵をまとめて富山の北側に布陣し、米軍の侵攻にそなえていた。

この日の昼、米軍が富山に攻撃をしかけた。天地を揺るがすほどの砲声と砲弾の炸裂音が島中にこだました。陸上戦における砲撃は、歩兵の突撃を助けるためにおこなう。

米軍はふんだんに砲弾を撃ち込んだあと、歩兵部隊が富山の陣地に前進した。日米の若者たちによる至近距離の殺し合いが始まった。

戦闘は惨烈をきわめた。日本兵は複雑な地形を利用し、米兵に銃弾を撃ち込む。爆弾を抱いた将兵が戦車に飛び込みキャタピラの部品とともに飛び散る。弾を撃ちつくした日本兵が銃剣突撃を敢行する。そのつど米軍が猛烈な銃砲火をあびせる。

空には一朶の雲もない。蒼空の下、南海の孤島は死体に覆われ、血に染まっていった。

この富山の白兵戦により多数の米兵が死傷した。しかし守備隊の損害はそれをはるかに上回るものだった。

この日、これまで大隊長の代わりに指揮をとった大場孝夫中尉、第四中隊長川又広中尉をはじめ、三日間の戦闘を生きぬいてきた西浜の兵たちのほとんどが戦死した。

米軍の第一海兵師団と激戦を展開し、一時は後退させ、そのあとの戦闘においても大きな損害を与えた第二連隊第二大隊は、この日、ほぼ全滅した。


九月十七日の夜。

中山と富山は米軍の陣地となった。中川大佐ひきいる連隊本部は、中山の奪回をめざし、夜間、主力部隊を出して猛烈な攻撃をおこなった。しかし、米軍の集中砲火をあびて戦力の大半を失い、夜襲は失敗に終わった。

善戦と敗北

十七日のこと。夜。外で足音がする。

「敵か」

わたしは戦慄した。恐怖にかられて鍾乳洞の奥に逃げ込み、じっと様子をうかがった。足音は大きくなり、ハアハアと荒い息の兵隊が七、八人はいってきた。よく見ると日本兵である。今日の戦闘で生き残った海軍第一中隊第二小隊の兵たちが逃げ込んできたのである。

このあと、富山の陸軍の兵たちも来て一緒に潜伏することになった。

わたしは、戦闘三日目にして組織的戦闘からはずれ、海軍鍾乳洞で生存生活に入った。その間に、ペリリュー島の中央山岳戦は、はげしさを増していった。

九月十五日の上陸戦によって、第一海兵師団の第一次上陸部隊は大きな痛手を受けた。その死傷率は十五パーセント以上と言われている。

これにより、九月十六日、アメリカ陸軍（隣接するアンガウル島を攻略していた「第八十一歩兵師団第三百二十一連隊」とウルシー環礁攻略後の「第三百二十三連隊」）の応援を受けた。上陸作戦を完遂できず、他の部隊の応援をもらった、誇りと自信をもっていた第一海兵師団の将兵にとっては屈辱だったたであろう。

その後も第一海兵師団は、守備隊との戦闘で死傷をかさね、十月三十日には全滅判定（損失率六十パーセント以上）を受け、第一線から後退し、ソロモン諸島にある後方基地に撤退した。

この島で戦った日本の若者たちの抗戦がいかにすさまじかったたか。第一海兵師団の消耗状況を見るだけでも明らかである。

しかし、この島の勝者は守備隊ではなく、米軍であった。

戦いは赤道直下の炎暑の中でおこなわれた。米兵の死体は収容され、日本兵の死体だけが散乱した。死体はたちまち腐敗した。死臭が潮風に乗り、島を包んだ。

米軍は、飛行場周辺の掃討を始めた。守備隊がいる塹壕には戦車で火炎攻撃を加えた。陣地にひそむ日本兵には、小銃と手榴弾しかないため抵抗ができない。わずかな武器しかなく、食うことも飲むこともできない状況において、幾多の若者たちが火炎に焼かれて死んだ。その数はいったいどれくらいだったであろうか。

天山の戦い

九月十八日。四日目。午前七時ごろ。

約一個大隊の米軍が中山と富山のあいだにある天山を攻撃した。天山の守備隊は健在だった。日本兵は、攻められれば陣地の奥にひそみ、すきがあれば接近して反撃した。

日本軍は防御戦に弱いと言われている。太平洋戦争においても、物理的な防御陣地を構築して敵を防ぐという作戦を立てず、肉弾突撃による白兵戦をくりかえした。

しかし、ここペリリュー島では、「島を要塞化して持久戦をおこなう」という大本営の作戦方針のもと、複雑な地形を利用した陣地構築をおこない、島を要塞化することに成功した。

これは、中川大佐をはじめとする将校たちの指揮力と海軍の協力、そしてなにより工兵隊および歩兵部隊の努力によって実現したものである。

米軍は守備隊の砲台を発見するために島の上空に偵察機を飛ばした。しかし、洞窟内に隠蔽された砲台陣地を発見することは難しかった。やむなく、日本軍の発砲を待ち、その閃光によって位置を計測し、確認された砲座はただちに陸と空と海から集中攻撃を加えて沈黙させた。しかし、守備隊の発砲を待たなければ反撃ができないため、米軍の損害が増大していった。

九月十八日午後二時。

天山の守備隊が全滅した。米軍は、約七時間の戦闘のすえ、ようやく天山を自軍のものとした。

守備隊は、天山を奪われたことにより砲兵戦力を失った。これまで天山から撃ちおろされる重火器に悩まされてきた米兵にとっては朗報となった。

南地区隊（千明大隊）の残存兵が待避した南島半島も掃討された。

九月十八日午後三時二十分ごろ。

奥住中尉以下、将校十五人が爆薬により自決し、一部のものは断崖から海中に身をなげて死んだ。

ペリリュー島南西部（飛行場から海岸側の地域）の組織的抵抗は終わった。

このとき、ペリリュー島の連隊本部は、大山、南征山、東山、水府山の中央山岳地帯に布陣していた。

これより戦闘は、島の中央山岳地帯に移る。

この日も米軍の砲弾と爆弾が島の中央山岳に降りそそいだ。深いジャングルに覆われていたペリリュー島の山々は、完全に瓦礫の山となってしまった。

東山の戦闘

九月十九日。午前七時。

艦砲射撃の支援を受けながら、戦車数両を先頭に、約二個連隊の米軍が観測山と東山を攻撃した。これに両山の守備隊が反撃し、多大な損害を与えたうえ、撃退した。

しかし、守備隊の損害も大きく、ペリリュー島の主力であった歩兵第二連隊は三分の二以上の兵力を失い、数すくない重火器であった十センチ榴弾砲も使用できなくなった。

九月十九日の段階で、連隊本部以下の守備隊は、大山・観測山・東山南部の線を守っているだけになった。

米軍の攻撃も執拗だった。米軍は、火力を東山に集中し、歩兵部隊を前進させ、十九日（時間不明）、東山南部を占領した。

しかし、その夜、守備隊が夜襲をくりかえし、二十日の早朝にはこれを奪いかえした。

後退した米軍は兵力を立て直し、二個大隊が東山への攻撃を再開した。この攻撃には、空と海からの猛烈な砲爆撃と十両以上の戦車、水陸両用装甲車が支援した。しかし、戦車や装甲車は山のふもとまでしか行けない。山の中腹から稜線に布陣する日本兵を攻撃するためには、急峻な斜面を歩兵がのぼってゆかなければならない。

中央山岳地帯における戦闘は、日米の歩兵たちによる接近戦であった。

東山の斜面を戦車砲に掩護されながら膨大な数の米兵が進んでくる。しかし、日本の洞窟陣地は頑強だった。ここでも米軍は攻めきれず、損害が増大し、撃退されている。

九月二十一日。午前八時。

この日も米軍は、艦砲射撃、砲爆撃を集中し、東山と大山を西と南から攻撃した。これに対し守備隊が迫撃砲、擲弾筒で対抗した。火力では圧倒的に米軍が有利であった。しかし、複雑な地形を利用した防御陣地が効果を発揮し、多数の米兵を死傷させた。

この日の戦いも米軍は防御線を突破できず、後退した。

このあとも、東山の山頂にある洞窟陣地に守備隊の残存兵がたてこもり、頑強に抗戦をつづけた。

九月二十二日。早朝

前日にひきつづき米軍が攻撃を開始した。戦車数両と一個中隊が大山南部まで進出し、守備隊の防御線を一部突破した。しかし、守備隊が日没前に猛然と反撃し、米軍を撤退させた。

守備隊の最大の敵は戦車だった。

記録には残ってはいないが、この島の戦いでは、何人もの歩兵たちが爆弾を抱いて戦車にむかって走ったはずである。その多くは飛び込むまもなく火炎放射によって焼かれ、そのうちの幾人かが成功し、キャタピラとともに肉体を四散させたにちがいない。

若者たちがこうした「必死の攻撃」を繰り返したのは、ただひとえに「祖国を守るため」であった。

日本兵たちの死は、米兵からすると無駄に見えただろう。しかし、日本の若者たちは自分の死をもっておこなう攻撃によって、あるいは死ぬまでつづける戦闘によって、祖国を守ることができると信じていたのである。当時の若者がもっていた価値観は、現代の人たちには到底、理解できるものではない。

守備隊の状況は凄惨であった。負傷したものは治療を受けることなく放置され、死んでいった。怪我の痛さと、渇きに耐えきれず、手榴弾や小銃で自殺する者があとを絶たない。日本兵はもはや生きて内地に帰れないことを知っていた。母国に凱旋することを夢見ながら戦う米国の若者に対し、日本の将兵は死ぬまで戦うしかなかった。

この島に来た日本の若者たちは、自分たちが地球上のどこにいるのかもよく知らないまま、祖国のためであることを信じ、至近距離の殺戮を繰り返した。そして、死臭と硝煙に覆われた戦場で、疲労と渇きと飢え、死の恐怖、そして肉親や妻子と会えないまま死に別れる哀しみと戦いながら、たこつぼに潜み、塹壕を走り、銃を構え、引きがねをひいた。

米軍は中央山岳地帯にすべての火力を集中して攻撃したが、急斜面の複雑な地形を利用した守備隊の反撃によってつぎつぎと失敗した。米軍の死傷者もふえつづけた。

米兵たちの疲労も限界に達した。戦闘の合間のわずかな小休止でも、その場に横たわり、泥のように眠った。

米軍は、九月二十日からペリリュー島の飛行場において、小型機の使用を開始した。

九月二十二日までの米軍の死傷者は、三千九百四十六人となり、第一線大隊の戦力は、定員の三十〜六十パーセントまで低下した。

北地区の戦闘

九月二十三日、昼。

第一海兵師団は、連日の戦闘により兵力が減少し、将兵たちの消耗がはげしい。そして、この日、第一海兵師団は、米陸軍第八十一師団と交代し、戦線から退いた。

米陸軍は、連隊本部がたてこもる中央山岳地帯を包囲するため、浜街道（西浜の海岸道路）を北進し、二十三日の夕刻、島の中心にあるツツジ陣地（ガリキヨク）まで来た。

ここからは、北地区守備隊（独立歩兵三百四十六大隊、引野通廣少佐指揮、五百五十六名）が守っている。引野少佐がひきいる北地区守備隊の主力は、北端の水戸山に布陣していた。ツツジ陣地には、前田建蔵中尉を指揮官とする第二中隊がいた。

北地区の戦闘はここから始まった。

米陸軍と戦闘に入ったツツジ陣地の第二中隊は、機関銃二梃と速射砲のほかは小銃だけという劣勢だった。にもかかわらず、米軍の先遣隊を撃退している。

戦闘は夜までつづいた。夜間戦闘による損害の増大を避けるため、米軍は戦闘を中止した。

九月二十四日。

早朝から戦闘が開始された。米軍の包囲はますます重厚になり、砲火のはげしさは呼吸ができなくなる瞬間があるほどであった。砲弾が炸裂し、珊瑚岩の破片とともに日本兵の体が空にむかって噴きあがる。守備隊に砲爆撃の対抗手段はない。

米軍は膨大な鉄量をツツジ陣地に撃ち込んだあと、戦車を先頭に歩兵を前進させた。敵の砲火がとまった。たこつぼや塹壕にいた日本兵はほっと一息をついた。

近接戦闘になった。すでに島の地表はすべて砲爆撃で耕されていた。そのため前進する米兵が身を隠す樹木がない。腰が高い米兵は照準がしやすい。米兵の死傷者はここでもふえた。

第二中隊の防御線はしぶとかった。米軍がツツジ陣地を占領したのは午後三時をすぎたころである。米軍の主力が攻撃したにもかかわらず、一つの陣地を攻略するのに八時間以上かかっている。米陸軍の将兵は、この島の守備隊の頑強さに驚いたことだろう。

この日の夜、水戸山にある北地区隊本部の引野少佐は、予備の二個小隊を第二中隊の救援におくった。第二中隊長の前田中尉は、生き残った兵と二個小隊の兵をつれ、逆襲した。

驚くべきことに、この逆襲は成功し、米軍を後退させて陣地を奪還した。しかし、兵力が寡少なため占拠をつづけることができない。夜襲部隊は猛烈な砲火をあびてたちまち壊滅した。

午後七時ごろ。わずかな生存兵は、水戸山の大隊本部まで退却した。

ツツジ陣地を失った引野少佐は、水戸山に主力を集めた。そして一部の兵を「中ノ台」におくり、迎撃態勢をととのえた。

逆上陸

九月二十二日。

パラオ本島の集団司令部は、「逆上陸部隊」の派遣を決定した。

しかし、島の周辺は、空母七、戦艦四、駆逐艦十九をはじめとする米艦艇がひしめいている。成功の可能性は少ない。

日本軍の逆上陸部隊は、第十五連隊第二大隊、約八百四十名である。大隊長には、歩兵第二連隊出身で、茨城県生まれの飯田義榮少佐が選ばれた。

飯田隊は、第一艇隊（村堀利栄中尉）を先遣隊として二十二日に先発させ、つぎの日、部隊を三艇隊にわけ、

第二艇隊（飯田義榮少佐）

第三艇隊（桑原甚平中尉）

第四艇隊（須藤富美里中尉）

をそれぞれ出発させた。

九月二十二日、午後十時三十分。

村堀中尉ひきいる第一艇隊は、六隻の舟艇（大発五、小発一、二百十五人）に分乗し、アルミズ桟橋（パラオ本島とコロール島の間の水道）を出発した。上陸地点はペリリュー島北端のガルコル波止場である。その距離、約五十六キロ。全員、生還はできないと覚悟したであろう。

六隻は、島づたいに夜の海を進んだ。途中、座礁と離礁をくりかえした。やがて、ガラカシュール島に近づいた。目標であるガルコル波止場まではまだ二キロ以上ある。

時刻は午前四時をまわっていた。すでに六時間が経過している。夜明けが近い。ここからは米艦隊が密集している。このとき、米軍に発見された。海に浮かぶ六隻は、猛烈な艦砲射撃と機関砲の集中砲火を浴びた。

村堀中尉は「突進」を命令した。そして、九月二十三日、午前五時二十分過ぎ。六隻は一隻の損害もなく、ガルコル波止場に到着した。

逆上陸後、約二百人の兵たちは、大山の連隊本部にむかった。奇跡的な成功であった。

しかし、この成功が、後続の部隊に悲劇をもたらす。

九月二十三日、午後八時三十分。

飯田少佐ひきいる第二艇隊（大発六、小発一、約二百人）がアルミズ桟橋を出発し、夜の海に出た。舟は一列になって進んだ。

ペリリュー島が近づく。米軍の照明弾が打ち上げられ、昼のように明るい。海は干潮にさしかかっていた。

第二艇隊が、ガラカシュール島の近くまで来たとき、七隻の舟艇が座礁した。潮はさらに引き、離礁は不可能になった。

昨日、第一艇隊に警戒網を突破され、日本軍の逆上陸をゆるしたことから、この日、米軍は駆逐艦や小型舟艇を配備し、警戒を強めていた。照明弾の数が増え、海がこうこうと照らされている。

飯田大隊長は歩兵部隊に舟をおり、歩いて上陸するよう命令した。後につづく海上輸送隊は武器弾薬を舟に満載していた。輸送隊は、歩兵たちが舟を離れたあとも残り、離礁作業をつづけた。

干潮で水位がさらに下がった。歩兵たちは海に入り、胸までつかって歩きはじめた。海底には珊瑚が群生している。歩行は困難であった。干潮とはいえ、場所によっては水深が二メートル以上ある。歩兵たちは食料と弾丸を身につけていた。とつぜん海中に沈み、そのまま上がってこない者も少なくなかった。

兵たちが歩きはじめてまもなく、米艦船の集中砲火が始まった。発見されたのである。海上からは艦砲が、陸影からは機関砲と砲撃が絶え間なく襲いかかる。海面に水柱が上がる。悲鳴とともに兵たちが海に消えていく。歩兵たちは誰が命令するともなく、銃を捨て、弾帯をはずし、泳ぎはじめた。

海上は凄惨であった。照明弾が血にそまった海を照らす。

飯田少佐以下の生存兵は、ペリリュー島の隣にあるガドブス島に上陸した。歩兵たちがペリリュー島にむかったあと、金子中尉指揮の海上輸送隊は離礁作業をつづけた。そのとき、一発の砲弾が命中した。金子中尉以下七名が吹き飛ばされ、一瞬で姿を消した。

それでもなお、輸送隊の兵たちは降りそそぐ砲弾の中で作業を進め、島を目指した。そして七隻の大発と小発で編成された輸送隊のうち、ペリリュー島北岸に二隻が着岸した。

第四艇隊（大発五、小発一、二百二十三人）は、二十三日の午後九時に出発した。そして、米軍の警戒網をたくみに避け、一隻の損害もなく、ガルコル桟橋に着いた。

しかし、同日午後九時四十分に出発した第三艇隊（大発五、小発一、二百二十三人）は、九月二十四日の夜明け前、ペリリュー島の約五キロ手前の海上で座礁した。やむなく、桑原中尉が「徒渉」を命令し、将兵たちが海を歩きはじめた。そのとき、米艦船による容赦のない砲撃が日本兵たちをおそった。

その結果、桑原中尉以下二百二十三名のうち、ペリリュー島にたどり着いたのは、半数以下の約百名だった。この百名は飯田少佐の指揮下に入ることができず、北地区隊主力と合流し、引野隊長の指揮下に入った。

そのころ、ガドブス島に上陸した飯田少佐ら第二艇隊の兵たちは、ペリリュー島に行くためにもう一度海に入った。

何百人もの若者たちが、夜の海を歩き、ときには泳ぎ、照明弾に浮かび上がるペリリュー島をめざした。そして遭難者のような姿になった兵たちがようやく砂浜にたどり着いた。

このとき、飯田少佐が掌握した兵は、約四百人であった。編成時の人数が約八百四十名であるから、別行動をとった桑原中隊の百名をのぞいても、約三百五十人が戦死したことになる。

上陸した者の中には、相当数の負傷者がいたはずである。上陸後に死んだ者も多かったと思われる。そのことを考慮すると、逆上陸部隊のうち、上陸に成功したのは半数とみていいだろう。

飯田大隊の生存兵たちは、島の中央山岳地帯にむかって歩きはじめた。

上陸した兵たちの中には弾雨のなか、速射砲を陸に引っぱりあげた者がいた。武器が枯渇する日本軍にとって、貴重な重火器となったはずである。

このあと、パラオ司令部では第二の逆上陸計画をしていたらしい。それを飯田少佐が、「今後、成功の可能性はない」と止めようとした。しかしこの状況を伝えようとしても無線がない。そこで、砲兵中隊長、奈良四郎少尉と沖縄県糸満出身の兵士、計十六名を伝令に出した。

この者たちは、米艦艇の包囲網をくぐりぬけ、十月一日、奈良四郎少尉以下三名がパラオ本島の集団司令部まで行き着いた。

この伝令がなければ、その後も逆上陸部隊がくりだされていたかもしれない。

遠藤中佐

この逆上陸に関し、こんな話がある。

海軍に遠藤という中佐がいた。この人は、糸満の軍属十二、三人と一緒に自らの判断で島を脱出した。糸満人は潮の満ち引きを知っている。しかも泳ぎがうまい。遠藤中佐はその者たちを連れて、海を渡り、山を越えてパラオ本島まで行った。

しかし井上中将は激怒し、遠藤中佐を罵倒し、部下に「斬れ」と命令したという。

遠藤中佐は、

「自分は逃げてきたのではない。どういう状況になっているのかを知らせに来たのです」

と説明したが聞きいれられなかった。こういった行為は、当時の日本軍では「戦場放棄」という大罪になるという。

井上中将は、

「ここで殺さないかわりに、ペリリュー島に引き返せ」

と命令した。遠藤中佐たちはペリリュー島へむけて出発した。そして戻る途中、逆上陸を目指す飯田隊と海上で会ったという。

遠藤中佐は「自分たちも乗せていってくれ」と頼んだ。しかし舟はいっぱいでとても乗せられない。

遠藤中佐は井上中将が「斬れ」と言ったときに覚悟は決まっている。ただ一つ、「水と食料をくれないか」とたのんだ。

陸軍の中尉が遠藤中佐に水と食料をわけた。そのお礼に、

「〇〇の壕に爆弾八十発を隠している。陸軍さん役立ててください」

と言ったそうだ。このことは陸軍の平井大尉に聞いた。

平井大尉は、遠藤中佐から教えてもらった爆弾を使い、大発を改造して武器を作り、輸送船を攻撃し、二隻に損傷を与えたという。

北地区の攻防

九月二十五日。

ガリキヨク（ツツジ陣地）をおとした米陸軍は、水戸山を目指した。

引野少佐を隊長とする北地区隊には、独歩第三百四十六大隊のほかに、ガドブス島の守備にあたっていた歩兵第二連隊の一個中隊が合流し、逆上陸部隊の一部もその指揮下に入っていた。

ガリキヨクを失った引野少佐は、中ノ台の守りをかため、米軍の到着を待った。

九月二十六日。午前七時。

米軍は、七両の水陸両用戦車と二個大隊の兵力により中ノ台に猛攻を加えた。

これに対し、中ノ台の守備隊が頑強な抵抗をみせ、午後一時ごろ、米軍を後退させた。

守備隊の兵力はすくない。武器は寡少であり、弾薬は不足している。水も食料もとぼしい。味方の増援もない。

こういった状況下において、六時間以上の戦闘に耐え、圧倒的な火力をもつ米軍をあとずさりさせたというのは、いったいどういうことなのだろうか。なにがここまで彼らを戦わせたのだろうか。

その当時、同じ島にいたわたしから見ても、信じられない奮闘である。

そのあと米陸軍は兵力を増強し、戦車七、水陸両用戦車七（うち一台は火炎装甲車）を使って中ノ台を南北から挟撃した。そして午後四時四十五分、中ノ台の守備隊は全滅した。中ノ台を奪われたことにより、北地区と中央山岳地帯との地上連絡ができなくなった。米軍はさらに北進し、無線電信所を占領した。これに対し、水戸山の砲台が集中砲火をあびせ、米軍に大きな損害を与え、それと連携して北地区守備隊の主力部隊が三方向から突撃した。しかし、戦車による重厚な警戒網を敷いた米軍に撃退され、無線所の奪回はできなかった。

無線所を米軍に奪われたことにより、北地区隊と連隊本部の連絡が遮断された。

北地区の終焉

北地区隊の主力がたてこもる水戸山（海抜五十メートル）の包囲は、二十五日の午後三時ごろから始まった。

米軍は翌二十六日に包囲を完了し、水戸山の洞窟陣地にむかって猛烈な砲爆撃を加えた。水戸山の洞窟陣地にたてこもる守備隊は、必死の抵抗をくりかえしたが、二十六日の午後二時、水戸山の南西部を占領された。この戦いでも、米軍の火炎放射器が威力を発揮し、日本兵の死傷者が続出した。

九月二十七日の早朝。

米軍は北地区の守備隊陣地をつぎつぎと攻めつぶした。水戸山の周辺は、日本兵の死体で埋まった。その大半が火炎で焼かれ、まっ黒に焦げ、異臭を放った。

この米軍の猛攻により、北地区隊に残されたのは水戸山の洞窟陣地だけとなった。水戸山の洞窟陣地は広く、内部は迷路のようになっていた。中は負傷者でいっぱいになり、うめき声で満ちた。

この日に、米軍は、ペリリュー飛行場で星条旗の掲揚式をおこない、「ペリリュー島占領」を発表した。上陸後、十二日目のことであった。

なお、二十七日以降、米軍はビラやマイクを使って、投降勧告を始めた。

しかし北地区の抵抗はつづいた。同日、水戸山の北東側にある洞窟陣地の開口部から、ガルコル桟橋をめざす米隊に重火器による攻撃をおこない、多数の米兵を死傷させた。さらに二十八日には、残存兵を集め、南西部にいる米軍に総攻撃をかけた。

そして戦闘がおこなわれるたびに、日本兵は死傷を重ねていった。

北地区隊の組織的戦闘が終わったのは、九月三十日から十月のはじめごろだと言われている。

水戸山周辺のあちこちに、数えきれないほどの日本兵の死体が散乱した。洞窟陣地の中には死を待つだけの重傷者が残された。

死にゆく者が欲しがったものは、水である。しかし、その水が与えられることはない。水を欲しながら、それを飲むことができないまま死んでいった。みな二十歳すぎの若者たちであった。その苦しさは、想像を絶するものだったであろう。

北地区が米軍の熾烈な攻撃にさらされていたとき、連隊本部がある中央山岳の包囲網もせばまっていた。

水府山の戦闘

九月二十九日。

米軍が上陸してから十四日間がたった。日本兵の数は、約千五百人にまで減っていた。その者たちも三分の一が負傷しているため、戦闘ができる人数は千人以下であった。はじめ一万人以上いた日本兵は、十分の一になった。

しかし、このあとも守備隊の抗戦は衰えない。

驚くべきことに、この島の戦闘が終わるのは、十一月二十七日なのである。中央山岳が包囲されたあと、たてこもる連隊本部とその周囲に布陣した守備隊は、約二ヵ月も戦闘をするのである。その間、米軍も損害を出しつづける。

その執拗な抵抗は異常というほかない。第二次世界大戦をつうじ、これほど徹底抗戦を貫いた局地戦は、他に例がない。

わたしは、守備隊が最後までみせた奮戦は、日本兵の敢闘の歴史として、評価されるべきものであると思う。

十月一日。七時三十分。

米軍が水府山の北側のふもとに進出してきた。しかし、ここを守る第二連隊第三大隊（原田良男大尉指揮、第七中隊欠）がこれを迎撃し、撃退した。


十月二日。

米軍は兵力を増強し、連隊本部がたてこもる山岳地帯を厚く包囲した。その軍勢は五個大隊におよんだ。

その夜、すさまじい量の砲撃を浴びせた。撃ち込まれた砲弾の数は四万発に達した。

米軍は洞窟を発見すると、マイクで呼びかけて「投降勧告」をおこなった。しかし、日本兵は誰一人出てこない。米軍は、洞窟にたてこもって抵抗する日本兵には火炎放射器を使った。洞窟が深い場合には、長い鉄管でガソリンを流し込み、ライフルで点火して火の海にした。米軍はこれを、「バーベキュー作戦」と呼んだ。

この火炎攻撃により、守備隊の陣地は一つ一つつぶされていった。


十月三日。

早朝からパラオ諸島は雨と風がはげしかった。渇きに苦しむ日本兵にはめぐみの雨となった。

このとき生き残った日本兵は、大山、南征山、東山（山頂付近）、水府山に布陣していた。中川大佐ら連隊本部の主力は、大山にいた。

午前七時三十分。

米軍が中央山岳地帯に南北から総攻撃をかけた。

南から攻撃した米軍が東山の山頂を奪い、同日、午後三時半には、北から侵攻した米軍が水府山の東側丘陵を占領した。これによって南北が通じ、大山の連隊本部は、完全に包囲された。

米軍は北から大山に迫った。大山には四つのコブ状の丘陵がある。そのうちの一つを米軍が占拠した。これに対し、連隊本部主力が的確な狙撃と迫撃砲射撃をおこない、このコブから米軍を駆逐した。このときの米軍の損害も小さいものではなかった。

この日、島は終日、雨雲に覆われた。はげしい雨と風の中、戦闘はつづいた。

十月四日。

嵐はおとろえなかった。烈風が島を包んだ。

早朝、暴風雨の中、米軍は水府山の攻撃を開始し、米軍の一個中隊が北東稜線を進んだ。その先には、原田良男大尉が指揮する歩兵第二連隊第三大隊（第七中隊欠）がいた。原田隊の士気は、いまなお、おとろえていなかった。

午後四時五十分。米軍の部隊が有効射程内に入った。原田大隊の全火器が一斉に火を吹いた。この攻撃によって一個中隊あった米軍の戦力が、約一個小隊まで低下した。米軍の部隊は壊滅し、残存兵は後退した。北東稜線に米兵の死体だけが残った。

この日の午後、大山の南西側に進出した米軍の一個大隊と大山の連隊本部主力が白兵戦をおこない、これを撃退、肉弾攻撃によって中戦車二両を破壊した。

十月六日。

午前九時ごろ。米軍が水府山の北側に戦車用の道路を作りながら前進し、北端の山頂まで来た。夕方、水府山の守備隊が水府山北側に進出した米軍を攻撃し、これを撃退した。

なおこの日、ペリリュー島飛行場の拡張工事が完成し、大型機の発着が始まった。

幽鬼となって抵抗する守備隊をしりめに、飛行場周辺では米兵たちの静かで豊かな日常が営まれていた。

それだけに、掃討にかりだされる米兵たちは執拗に抗戦する守備隊をうらめしく思っただろう。「ゲームは終わりだ。なぜ戦うのか」と思ったに違いない。

しかし、日本兵には降伏することなど思いもつかない。死ぬまで戦うことがあたりまえだと思っていたのである。幼少のころから軍事教育によって洗脳された日本兵には、「勝つ」か「死ぬ」かしかない。

米軍の軍事力は圧倒的である。この島の勝敗は決まっていた。守備隊に「勝ち」がない以上、日本兵たちは死ぬまで戦いつづけるしかない。その結果、この島の若者たちは、世界に類をみない「強兵」となって米軍を苦しめた。


十月七日。

戦車六両と一個大隊の歩兵が、観測山の南東から谷に進出し、水府山の洞窟陣地を攻撃した。これによって水府山の守備隊は相当の損害を受けたが、ここでも集結した残存兵が必死の抗戦をおこない、米軍を撃退している。


十月八日。

この日、二回にわたり、守備隊がたてこもる中央山岳地帯に、ペリリュー島飛行場から離陸した敵爆撃機が「世界でもっとも短い近距離爆撃行」といわれる大規模な空爆をおこない、四百五十キロ爆弾約五百発を投下した。

島は、さらに焼かれ、完全に焦土と化した。


十月九日。

米軍が水府山の北西稜線に進出した。


十月十日。

米軍が火炎放射攻撃により、水府山の北側に残存する守備隊を掃討し、正午、水府山北部を占領した。

この時期、水府山における守備隊は力尽き、その抵抗はかぼそいものとなっていた。

十月十一日。

米軍が水府山の南部を攻撃し、午後三時ごろ水府山をほぼ占領した。同夜、二連隊の三大隊が少数の残存兵により夜襲をおこなったが、成功しなかった。

この日の夜、水府山は米軍のものとなった。

ペリリュー島守備隊に残った地域は、南征山、大山、観測山だけとなった。

南征山の抗戦

十月十三日。

このとき、生き残っていた日本兵は、負傷兵をいれて約千百五十人と言われている。

連隊本部が掌握していた守備隊の火力は、

小銃五百（二万発）、軽機関銃十三、重機関銃六（一万発）、擲弾筒十二（百五十発）、速射砲一（三百五十発）、曲射砲三（四十一発）、手榴弾千三百、戦車地雷四十、黄色火薬八十キロ。発煙筒八十、その他。（カッコ内は弾薬数）

であった。

かぼそいながら、いまなお、抗戦できるだけの兵力が残っていたと言える。

十月十四日。

米軍は、午前六時ごろから二時間にわたり、大山、南征山付近に、爆撃機によるナパーム弾攻撃をおこなった。

そのあと米軍は、午後八時から包囲網を縮め、南征山の北西と大山の西（天山北部）に攻撃を開始した。これに対し、守備隊が徹底抗戦をおこなったが、米軍の火力に対抗できず一方的に殺されていった。

十月十六日。早朝。

米軍が、壮絶な地上砲撃につづき煙幕弾を撃ち込み、南征山の南北から歩兵を前進させた。この米軍の動きにより、連隊本部の陣地は、南北約四百五十メートル、東西約百五十メートル（大山、南征山、観測山）まで圧縮された。

十月十七日。

南征山の守備隊は、北部に進出した米軍を撃退したが、南部では一個大隊の進出をゆるした。

十月十八日。

米軍が、戦車数両と約一個連隊をもって北部から南征山を攻撃した。

米軍は南征山の山頂につめより、二十メートルの梯子をかけ、米兵がよじ登って攻撃し、十一時ごろ、山頂の一部を確保した。米軍はすぐさま兵を送り、午後一時すぎには南征山の山頂を占領した。

これに対し、残存兵で編成した南征山の守備隊が、山頂の米軍に対し、三方から歩兵火器による集中射撃を加え、喊声をあげながら猛然と突撃をおこなった。この攻撃により、同日午後五時までに米軍を南征山の山頂から完全に撃退した。

米軍が去ったあとには、何十体もの米兵の死体が残った。


十月十九日。

この日の米軍の反撃はすさまじかった。米軍は、南征山の山頂に対し、ガソリンタンク車を利用した猛烈な火炎攻撃を開始した。

さらに米軍の歩兵は、棒の先に砂嚢をつけ、匍匐《ほふく》前進をしながら山頂に迫った。すでに日本軍に重火器がないことを知っていたのである。砂嚢は小銃の弾をよけるためであった。原始的なこの方法が意外な効果があった。日本兵が、這い上がってくる米兵を小銃で撃ったが、米兵は頭の上にかかげた砂嚢でそれを防ぎ、後方支援の火炎放射器と機関銃で日本兵をなぎたおした。

十月二十日。

この日、米軍を主力とする連合軍は、フィリピンのレイテ島に上陸した。

太平洋戦争における戦線は遠くへ去った。しかしこの時期、ペリリュー島では、いまだ戦闘がつづいていた。

戦線がフィリピンに移った米軍にとって、遠く離れたペリリュー島飛行場の必要性は薄れていた。

しかし、この島の米軍は、抗戦をつづける守備隊に対し、攻撃をゆるめなかった。ペリリュー島の米軍にとって、この島の戦闘は「戦略上の要請」によるものではなく、大量の将兵を殺傷されたことに対する報復と、現場指揮官の意地による「一対一のケンカ」の様相を呈していた。

十月二十一日。

約一個連隊の米軍が南征山に北から攻撃を開始した。米軍は、砂嚢で小銃弾を防ぎながら登頂し、山頂を包囲したのち猛烈な火力をあびせた。

十月二十三日。

南征山守備隊は、二十三日の夕方に壊滅し、南征山は米軍の支配下に移った。このとき、わずかではあったが生き残った将兵がいた。夜、南征山の残存兵が陣地の奪回をめざして夜襲をかけた。しかし、米軍の砂嚢陣地に阻まれ失敗した。

大山の防戦

十月二十六日。
濃霧が発生し、視界不良となった。このため、数日、米軍の動きがとまった。

十月二十八日。
一日中、雨が降った。水に苦しんでいた将兵にとっては、うれしい贈り物となった。みな、喉を鳴らして水を飲んだ。
この時点において、中川大佐が掌握している将兵は約五百名（うち重傷者約百三十名）であった。連隊本部が確保している地域も大山と観測山の頂上だけになった。持っている食料と武器もわずかである。資料によると、
小銃百九十
軽機関銃八（弾数一万六百発）
重擲弾筒一（手榴弾二十個）
手榴弾五百
火炎瓶十
戦車地雷二十

糧秣、おおむね十一月二十日まで、
となっている。
中川大佐以下の将兵は、大山の本部壕にいて、最後の抗戦にそなえていた。

十一月二日。

早朝。約二個連隊の陸軍部隊は、ナパーム弾などの砲爆撃とともに、大山と観測山の集中攻撃を開始した。

観測山の守備隊はこの日全滅。大山南部の四つのコブも米軍が占領し、連隊本部の陣地は大山の頂上だけとなった。

この島の戦いは、最後の接近戦に入った。


十一月三日。

米軍の一部が、戦車、火炎放射器をもって大山東側の谷に進入した。別の部隊が、大山南部から「砂嚢」を使って弾をよけながら山頂にむかった。もう一隊は、大山の西（天山の北部）から部隊をすすめ、観測山、大山南部（四つのコブ）に砲兵（七十五ミリ山砲）を据え、山頂にいる守備隊にむかって砲撃を開始した。


十一月四日から八日。

この間、雨が降った。兵たちは雨水を集め、喉をうるおした。この雨で米軍は攻撃を中止した。

雨はつづき、六日からは台風となった。風雨は八日の朝まで島を包んだ。

米軍が上陸してから五十日以上がすぎた。この二ヵ月の間に日本の将兵のほとんどが死んだ。弾はわずかしかない。食料を食いのばしてきたが、それも限界となっていた。

大山の将兵たちの頬はそいだようにこけ、顔には死相が浮かんでいた。

十一月五日には、連隊本部の兵力は約三百五十人（軽傷者を含む）になっていた。そのほかに重傷者が約百三十人いた。

米軍は大山守備隊の陣地に接近し、近いところでは二十メートルの距離で対峙していた。

連隊本部の周囲をとりかこんだ米軍は、砂嚢を積み上げて分厚い砂嚢陣地を作り、重火器を持ち込んで火力を強化した。

十一月十二日。

連隊本部が支配している地域は、大山の山頂を中心として南北約三百メートル、東西百メートルまでになった。

戦闘可能な兵数は、軽傷者をいれて約三百五十人である。武器も食料もわずかしかない。

大山にたてこもる将兵たちの気力と体力も限界をこえた。これまでの島嶼の戦いであれば、とうの昔に突撃をして死んでいたであろう。

「死んで楽になりたい」

生きている将兵たちはそう思った。死ぬことよりも、生きて戦いつづけることのほうがはるかに苦しい。その苦しみにたえ、これまで戦いつづけてきた。

しかし、それも終わりが近づいた。


十一月十三日。

早朝から米軍が数ヵ所の防御線を突破し、大山に点在する洞窟陣地に対し、火炎放射器と銃砲撃を使って攻撃を開始した。洞窟陣地は、焼けただれた日本兵の死体でうまった。

これに対し、残存する連隊本部の将兵たちが、狙撃や銃剣突撃によって対抗した。しかし、米軍の機銃や火炎放射器で倒され、攻撃に転じた日本兵のほとんどが死んだ。この攻防は数日つづいた。

米軍も慎重であった。洞窟陣地を発見しても、中に入る危険を冒さない。まず投降を呼びかけ、それに従わない場合（投降する者は皆無であったが）に、外から攻撃を開始した。手榴弾を投げ込み、火炎放射器をあびせ、あるいはガソリンを入れて火をつける。

洞窟内の日本兵が全滅すると前進し、つぎの洞窟の掃討を始めた。

サクラ、サクラ

十一月十七日。

大山の東の谷に戦車三両が入ってきた。

この夜、中川大佐は残存兵を大山の山頂にある連隊本部の壕に集めた。壕内にはロウソクがともる。小さな炎の前に、死相をおびた将兵が集まった。将兵たちは、だまって中川大佐の声を聞いた。

中川大佐はこのとき、

「われわれはあくまで徹底抗戦をおこなう。みなもその決意を固めよ」

と命令したと思われる。

十一月十八日。

米軍がさらに包囲網を縮め、大山山頂の本部壕に迫った。このときの連隊本部の兵力は、約百五十人になっていた。

ここ数日、米軍は大山本部壕にむかう戦車用の道路を作っていた。戦車による砲撃と火炎放射によって、とどめをさそうとしているのである。

十一月二十一日。

西側から大山の本部壕に通じる戦車用の道路が完成した。

十一月二十二日。

午前七時ごろ。

大山山頂の連隊本部に対し、戦車によるすさまじい砲撃と火炎放射が開始された。攻撃は、約四十分間つづいた。

午前七時四十五分ごろ。

米軍の歩兵部隊が前進を開始し、断崖をよじのぼりはじめた。これを連隊本部の残存兵が反撃し、米兵を死傷させ、総攻撃の第一陣を後退させた。

このとき、中川隊長は、パラオ本島の集団司令部にあて、つぎの電報を送っている（以下、筆者が一部意訳した）。

歩二第一七七号（昭和十九年十一月二十三日、午前七時四十分発信）

通信断絶の可能性が大きいため、最後の電報は左のごとく致したくご承知おき願いたい。

左記

一　軍旗ヲ完全ニ処置シ奉レリ

二　機密文書ハ異常ナク処理セリ

右の場合「サクラ」を連送することにより報告と致したい

「サクラ」の電報を送ったときが、ペリリュー島守備隊が全滅したときである、という内容である。

ペリリュー島の長い抗戦は、連日、内地でも報道され、天皇陛下をはじめとする全国民が注目していた。

そして、パラオ本島の司令部だけではなく、日本中が「サクラ」の電報を待った。

十一月二十四日。

この日、早朝、米軍が戦車、火炎攻撃による猛攻を継続した。

生存兵は百二十八人（健在者五十八人、重傷者七十人）、武器は小銃（弾薬二十発）となり、手榴弾と食料は二十日できれた。

中川大佐は、午前十時三十分、

「本日、組織的戦闘を終わる。重傷者は自決させる。以後、健在者をもって遊撃戦闘をおこなう」

旨の電報を発信した。

遊撃戦闘とはゲリラ戦のことである。驚くべきことに、この時点において、約四十名の日本兵が戦闘し、防御線の一部を死守していた。

この日、中川大佐は親子以上の関係であった連隊旗手の烏丸中尉に対し、

「烏丸中尉、軍旗、重要書類を奉焼せよ」

と命じたものと思われる。

「はい」

と答えたであろう烏丸中尉と中川大佐の胸には、万感せまるものがあったであろう。幾多の戦闘をくぐってきた栄光の軍旗を、この孤島において、自分の代で奉焼することになった。壕の中にともる軍旗の炎を、中川大佐たちはどのような思いで見つめたであろうか。

十一月二十四日、午後四時。

「サクラ、サクラ」

の電報が集団司令部にとどいた。

この夜、村井少将、中川大佐らは自決した。そして重傷の兵たちの自決がつづいた。それらの最期を見とどけたのち、歩兵第二連隊副官の根本甲子郎大尉が突撃の準備を始めた。

ペリリュー島最後の夜襲である。その兵力は、根本大尉以下五十六名であった。

最後の攻撃

根本大尉は、

「十八時ヨリ遊撃戦ニ移行ス」

との電報を集団司令部に打ち、一組三、四名の十七組に分かれて薄暮の洞窟陣地を出発した。そして根本大尉以下五十六名は、喊声をあげながら米軍陣地に突撃した。

わたしは、そのときの声を聞いた。

わたしはそのとき、天山の北にある海軍の洞窟陣地にいた。わたしがいた壕から、中川大佐がいる連隊本部までは直線にして百五十メートルか二百メートルくらいだった。
外に出ると、機銃音が聞こえた。音でどちらの機銃かがわかる。
とととととと
「あれは友軍の機銃だ」
ぶわー
「あれが米軍だ。まだ、連隊本部は陥ちていないんじゃな」
そんな話をしていた。
その日の夜、わたしは、横田と外の岩に座って涼んでいた。そのとき、
ウウワアー
というものすごい声が聞こえた。横田と二人で顔を見合わせた。
「おい、あれは突っ込んだ声だよ。連隊本部が突っ込んだんだ」
と話をした。その声はものすごい声だった。地の底から響いてくるような、胴が震えるような、そんな声だった。声は三度聞こえた。
あとでわかったことだが、あれが根本大尉の部隊だった。それ以降、日本軍が抵抗する音は聞こえなかった。

戦闘終結

水戸の二連隊は勇敢だった。ペリリュー島の戦闘があそこまで長くもったのは、二連隊の

力によるところが大きい。小さい壕でも米兵を相当殺した。米軍の艦砲射撃で禿げ山になっていたため、米兵も隠れるところがなかった。だから、あちこちに隠れながら狙撃すれば死傷させることができた。

攻めてくれば潜伏し、隙があれば攻撃をした。米軍は壕の中には絶対に入ってこない。だから壕の中にいれば生き残ることができた。

しかし、米軍が火炎放射器を使いはじめてからは戦局が一方的になった。南征山や大山にあった壕はことごとく火炎放射器で焼かれた。

戦車に装備されている火炎放射器は八十メートルくらい飛ぶ。火炎放射器がとどかない山岳地帯の壕には、ガソリンを流し込み火を放った。いまでもペリリュー島に行くと、壕の内側に焼けただれた跡を見ることができる。これで何千人という数の兵たちが焼け死んだ。

戦争はおろかである。しかし、おろかなのは、戦争を始め、そして、それをやめようとしなかった戦争指導者たちである。戦場で戦った将兵たちはおろかではない。この島に来た日本の若者たちは、「祖国を守るため」に死力をつくして戦った。その精神は純粋で尊い。

長さが九キロしかなく、幅も三キロしかないこの小さな島は、日本の守備隊によって要塞化され、火力と兵力にまさる米軍を苦しめた。そして、ペリリュー島の戦いは、世界の戦史の中で、もっともスケールの大きな要塞戦となった。

その戦闘の結果、日本兵の死者数と同等の死傷者数を米軍に与えた。

ペリリュー島の日本兵たちは、よくがんばった。

十一月二十七日。

ペリリュー島攻略部隊の米陸軍第三百二十三連隊長ワトソン大佐が、所属の第八十一師団長のミューラー少将に「作戦終了」を報告した。

オレンジビーチに敵前上陸を敢行してから二ヵ月半が経過していた。

じつに、七十四日間の戦闘であった。

第三章　生存への道（昭和十九年九月〜昭和二十年四月）

洞窟生活

わたしは米軍上陸後、三日目から海軍鍾乳洞で敗残兵生活に入った。はじめはわたしと負傷した陸軍の兵隊の二人だったが、そのあとぞくぞくと集まってきた。西浜で戦闘をした陸軍第二連隊第二大隊と富山を守っていた海軍第一中隊の生存兵たちである。

生き残り部隊の指揮官は関口中尉と園部中尉だった。

壕内はケガ人が多かった。傷口にはウジがわいた。ウジが発生すると、「ちきしょうチカチカする」と言いながら、口で吸ってはペッペッと吐き出していた。

海軍鍾乳洞の近くにある小さな壕に米が保管してあった。その米で壕内にいた者たちは食いつないだ。おかずは乾燥味噌である。

問題は水であった。外は米軍がいたため汲みに行けない。水がないと米が炊けない。しかたなく鍾乳石から落ちる水滴を集めた。二十秒に一回、鍾乳石のつららからポトンと水が落ちる。それを空き缶に受ける。一滴ずつ集め、米を炊いたり飲み水にするのである。

しかし、なかなかたまらない。そこで、喉が渇くと溜まっている他人の水を失敬する。飲みおわるともとの位置にそっと戻す。水の持ち主は飲まれたことに気づかず、「なかなか溜まらんなあ」と嘆いていた。

それにしても喉が渇く。この苦しみは死ぬことよりもつらい。

昼、外に水を汲みに行こうかと迷う。しかし、敵の声が外から聞こえる。いやな声だ。じっと我慢し、夜になるのを待つ。そして暗闇の中、水を求めて外に出る。ついでに米軍の陣地に忍び込み、米兵が捨てた缶詰をあさる。


十一月に入ると、海軍鍾乳洞の人数は七十人をこえた。中は豚小屋のような生活になった。小便は壕の中でした。わたしが石の斜面を利用してソッとすると、となりで寝ていた千葉兵長が「なんだ。背中が温かくなってきた」と頭をもたげる。小便がかかったのである。わたしは静かにその場を離れた。

生活環境を悪化させたのは排便である。みな、我慢できなくなると壕の中でした。

「誰だ、こんなところにやっているのは」

陸軍の指揮官である関口中尉の怒声がひびく。手には黄色いものがべったりついている。この世の地獄であった。わたしは劣悪なこの環境にがまんできなくなり、壕を出ることにした。

海軍鍾乳洞には熊本出身の三原兵長がいた。三原兵長は第一中隊第二小隊である。この壕で知り合った。同じ九州ということで気が合い、二人で、「別の壕を見つけよう」ということになった。

敵遭遇

十一月の後半。

夜を待って壕を出た。あちこちをうろうろして潜む場所を探しまわった。

急な斜面の下に、直径十八メートルくらい、深さ十五メートルくらいの大きなくぼみを見つけた。

「ここはどうだろうか」と斜面を降りて必死に探した。やっとのことで凹んだ横穴を見つけた。穴というよりも溝というほうが近い。深さは七十センチくらいだろうか。天井はない。上はゆうがおの蔓が覆いかぶさっている。外からは見えにくいだろう。二人をなんとか隠してくれそうだ。

急斜面の途中にあるため安全性は高い。米兵もおそらくここまでは降りてこないはずだ。

「ここならいいだろう」と二人で話した。それからは、そこに昼はじっとして、夜になると食料あさりに出歩いた。

潜んで四日目のことである。夜が明けると米兵の声がした。日本兵を探しているのである。声は上から聞こえてくる。

三原兵長が「土田、敵の声が、敵の声が……」とささやく。

わたしは「大丈夫、大丈夫、ここまでは来ん」とはげました。

ガタゴトガタゴトと米兵の足音が聞こえる。崖を降りてきた。足音が近くなる。

（まずい）

三原兵長が「土田、はよう手榴弾ば投げんかい。はよう、はよう」と悲痛な声を出す。

二人は急斜面の下にいる。上に投げてもコロコロ落ちてくる。死ぬのはわれわれだ。

わたしが首を振って「駄目だ」と言ったが、それでも「投げろ投げろ」とささやく。目をカッと見開き、顔がひきつっている。恐怖のため正気を失っている。

「おちつけ」と手で合図した。わたしは、敵がどのあたりにいるか見ることにした。音がしないように静かに上体を起こし、頭をあげてそっと顔を出した。

敵もここがあやしいと思ったのだろう。入念に捜索していた。そして、われわれがひそむくぼみを一人の米兵が頭をさげて上からのぞいた。そこにわたしの顔がニューと出た。

顔と顔がはちあわせした。その距離約三十センチ。そのときの米兵の顔はいまでもよくおぼえている。「何かあるかなあ」といったのんきな表情だった。米兵の顔は真っ赤に日焼けしていた。

「………」

突然の事態に双方とも声が出ない。二人とも無言で、静かに離れた。わたしはそおっとなにごともなかったかのようにもとの体勢に戻り、「見つけられた」と小さな声で三原兵長に言った。

はちあわせした米兵が大声で叫びながら崖をのぼっていった。米兵は、足場が悪かったため、急斜面を降りてきたときに銃をおいてきたようだ。そのため撃たれずにすんだ。

「三原兵長、逃げよう」

二人は飛び出した。

米兵が「○△×※　○△×※」と大声を出している。「日本兵がいたぞ」と叫んだのだろう。

われわれは凹凸の石をつかみながら死にものぐるいで逃げた。そして、二、三十メートル走ったときに大きなくぼみが目に入った。燐鉱石を掘った跡を利用したたこつぼであった。直径が約十メートル、深さは五メートルくらいあった。穴の中は草木がおいしげっている。二人はそのたこつぼに入らず、たこつぼのふちにあったくぼみに飛び込んだ。

十名ほどの米兵が追ってきた。足音がとりかこんだ。この穴があやしいと思ったのだろう。一人が歩哨に立ち、他の者が穴のまわりをまわっている。口ぐちになにか喋り、騒いでいる。うさぎを追うように石を投げ込みはじめた。ドサッドサッと音がする。他の兵隊は穴にむかって銃をかまえている。投げているのは大小の珊瑚岩である。人に当たれば音や気配でわかる。そこを撃つつもりなのだろう。

そのうちの一個がわたしの顔の前にころがった。手榴弾かと思ってドキッとしたが、二十センチくらいの石だった。

顔をそっとあげると、二メートル横に歩哨が立っている。鉄帽がちらりと見えた。その歩哨が一歩まえに出て見おろせば、カニのように地面にはりついている二人が見える。

ヒヤヒヤしたが、歩哨は動かなかった。

三原兵長は手を動かし「の」のジェスチャーをする。「小銃を持っていたらなんとかなるのに」と言っている。しかし、小銃を持っていたところでどうなるものでもない。

わたしは「もう駄目だ」と首を振った。

まもなく発見されるだろう。二人は土に顔をうずめて観念した。

一時間半ぐらいたっただろうか。そこに助けの神がやってきた。昼のサイレンが鳴ったのである。

「○△×※　○△×※」

米兵が大声で叫んだ。その声を合図に全員の足音が遠ざかっていった。

「オーイ、十二時だぞー。飯だ飯だ」と声をかけたのだろう。

静かになった。おそるおそる頭を出してみる。米兵たちは少し離れた石の上でランチを始めていた。

「たすかった」

二人はそれぞれ違う方向に、脱兎のごとく走って逃げた。

三原兵長

その日の夕方、マングローブの下流にある湿地帯に行った。そこに工兵隊の六人が潜んでいた。頼み込んで仲間に入れてもらった。

工兵隊が潜んでいた場所の近くに岩の割れ目があった。その割れ目に一人で入った。

そのあと三原兵長が来た。わたしは三原兵長との再会を喜び、二人で一緒に潜むことにした。

われわれと工兵隊は別グループである。わたしと三原兵長で食料を調達しなければならない。

二日後の夜。

二人で食料探しをかねて水汲みに行った。道路を横切って「命水」まで行き、水を汲み、引き返してふたたび道路に出た。十五夜の明るい月夜であった。

そのとき、敵に見つかった。自動車のライトが二人を照らした。われわれが照らされたときには、米兵はすでにジープをとび降り、銃をかまえて走ってきていた。

二人はとっさに近くのボサ（草むらのこと）に飛び込んだ。

「見つかった」

わたしは戦慄した。

追ってきた米兵が石の上に立った。もう動けない。米兵は銃をかまえて二人を探している。二メートル先にわたしが伏せている。あまりに近いため、視線が頭上を通過し、その先を探しているようだ。米兵が持っている銃口が目と鼻の先にある。その銃口が、ゆっくりと左右に動いている。見つかれば蜂の巣にされる。

三原兵長は四メートル先の倒れている大木の手前に伏せた。そのとき、カサッと草の音がした。三原兵長が倒木のむこうに行こうとしてダッシュしたのだ。

ババババババ

銃声がこだまする。米兵たちが小銃を発射した。殺られたか。逃げたか。様子をうかがった。その三十秒後、

「ツチダ……ミズ……クレ……ミズ……ク……レ……」

という声がした。三原兵長は、水を求める声をなんども出し、やがて途絶えた。三原兵長のポケットには水筒があった。しかし、それを飲む力がなかったのだろう。

「○×△※」

米兵が五、六人集まり、死体を懐中電灯で照らしながらなにか喋っている。

わたしはこのときとばかりにコソコソと二十メートルほど移動した。

「もう一人いたはずだ。さがせ」。そう話したのか、ちらばって探しはじめた。

わたしは折れた木の根元に突っ込んで伏せた。そこへ三人の米兵が近づいてきた。三人は銃を撃ちながら大声で叫んでいる。米兵が持つライトの光が近づいてきた。

わたしは手榴弾をにぎりしめた。安全栓を抜くカチッという音がすれば、その瞬間に撃たれるだろう。

「動いたらダメだ」

じっとしているほうに運を賭けた。光がわたしの体を照らした。見つかる。かたく目を閉じた。

「撃つならはやく撃ってくれ」

わたしは念じた。

そして「死ぬ瞬間に、俺はなにを考えるのだろうか」とふいに思った。

ライトの光はわたしを照らしている。しかし、米兵は撃たない。騒ぎもしない。

そのとき、わたしを助けてくれたのは十五夜の月だった。月光が明るいため、ライトの光が目立たない。暗いときに照らされていれば、光の中にわたしの姿が浮かび上がる。見つかって射殺されただろう。ところが幸運にも、この日の明るいお月様の光が地面に陰影をつくり、わたしの姿を隠してくれたのだ。

光がそれた。

ふたたびあたりを撃ちまくる。そして「○×△※ハハハハ」と笑いながら去っていった。

「柳の下にドジョウは二匹もいないゾ」とでも言ったのだろう。

絶体絶命であった。助かる可能性は百分の一もなかった。自分の運のよさにあらためて驚いた。

わたしはほうほうのていでその場から逃げだし、湿地帯に戻った。そして、もといた潜み場所にもぐり込み、息をととのえた。もう三原兵長はいない。わたしは一人になってしまった。いまからどうやって生きてゆこうか。心ぼそい。

海軍鍾乳洞の戦闘

十二月二日。

三原兵長が死んでから二日がすぎた。午後七時ごろ、ものすごい銃声が聞こえた。海軍鍾乳洞が攻撃されている。米軍の機銃と日本の三八式小銃の銃声が入り乱れて聞こえる。のちに聞いた話によると、次のような状況だったようだ。

海軍鍾乳洞の外には大便があちこちにあった。便を踏んだあともある。これを敵が見逃すはずがない。

外から敵の声が聞こえた。外国人特有の妙な日本語である。二世だろう。

「ニホンノヘイタイサン　ハヤクデテキナサイ　ショウコウサンヤ　カシカンサンニカマワズデテキナサイ」

と、何度も呼びかけてきた。むろん誰も応じない。敵はもう一度呼びかけた。

「ハヤクデテキナサイ　ゴフンカンマチマス　ソレマデニデテコナイト　コウゲキシマス」

これが最後通告であった。

火炎放射器による攻撃が始まった。全員、鍾乳洞の奥にかたまり火炎をしのぐ。次は爆薬攻撃である。爆発音が耳をつんざく。振動で壕が大きく揺れた。入口を爆破したのである。せまかった入口が三メートル四方の大きな口に広がった。硝煙のなか敵兵の姿が外に見える。

沖合に停泊する艦隊から照明弾が上がりはじめた。海軍壕を攻撃する米兵を支援するための照明であった。正面の高所に機銃を据えた。壕の入口にバズーカ砲を撃ち込む。脱出しようとして飛びだした日本兵が機銃で斃された。

夜おそくなった。米軍の攻撃が終わった。明日の早朝、攻撃が再開される。鍾乳洞のまわりは米軍の機銃陣地で包囲された。脱出は容易ではない。

鍾乳洞のとなりに、抜け道がある。そこまで行けば機銃陣地を抜けられる。

十二月の末。午前四時ごろ。

園部中尉が命令した。

「糧食は壕に残し、銃を構え、二、三名ずつ出壕し、成功した者は応戦して出壕を助けよ」

まず三名が外に出て銃撃戦を開始した。その三名は銃身が焼けるほど撃ちまくった。敵は三人の日本兵に火力を集中し、応戦した。そのすきにつぎつぎと壕を出た。何人、脱出できたのかはわからない。このときの戦いで関口中尉と園部中尉が戦死している。

夜が明け、あたりが明るくなった。

米軍が入口の包囲網をかためた。脱出は不可能となった。重傷の者が手榴弾で自決した。六名が残った。米軍は壕の入口を重機でこわし、コンクリートで固めて封鎖してしまった。六名が閉じこめられた。中は真っ暗である。幸いなことに当分すごせるだけの水と食料はあった。

このあと、わたしの戦友がこの海軍鍾乳洞の上に行っている。

そのとき「地面がなにやら温かいような気がした」と言っていた。

鍾乳洞の中の天井は高くはない。中で火をおこして炊飯をしたため、その蒸気がぬけて地面をあたためたのではないか。後日、そんな話をした記憶がある。

幽霊

島にはこんな話が伝わっている。

昭和二十年の二月。

数人の米兵たちが海軍鍾乳洞に入った。コンクリートで固めた壕内の様子を見るために入ってきたのだろう。白骨化した死体があちこちにころがっている。天井からポタ、ポタと水滴が落ちる。悪臭がすごい。

そのとき、なにかがひょろひょろと立ち上がった。人の声も聞こえる。

米兵たちが懐中電灯で照らすと、ぼろぼろに破れた軍服姿の骸骨が立ち上がり、モゴモゴと口を動かしていた。

「ぎゃあああ」

びっくり仰天した米兵たちは、悲鳴をあげながら我さきに洞窟を飛び出していった。以来、米兵たちは海軍鍾乳洞を「幽霊がいる洞窟」として近寄らなくなった。島の人たちは、

「日本の兵隊さんは、魂になっても敵に立ち向かっていったんです」

と言い伝えた。

この幽霊騒動の真相はつぎのとおりである。

海軍鍾乳洞に閉じ込められた六人は、一ヵ月以上を暗闇の中で生きた。衰弱し、動くこともできない。死が近づいた。そのとき、人の気配がした。米兵が入ってきたのである。米兵がもつライトの光があちこちを照らす。

六名のうちもっとも衰えがはげしいのが川島一等兵（陸軍）であった。川島一等兵は斜めになった鍾乳石柱に寄りかかったまま動けなくなっていた。食料を口にすることができず、水だけを少しずつ飲んでいたため、骨と皮だけになっていた。

米兵たちは壕内に生存者はいないと思っていた。転がっている白骨を銃剣の先ではねのけながら歩いた。そして、川島一等兵をミイラだと思い、剣先で突いた。

川島一等兵は「アイタタ」と声を出し、立ち上がろうとした。

それを見た米兵たちは「幽霊が出た」と逃げていった。

他の日本兵たちは喜んだ。米兵が入ってきたということは、どこかに出口があるはずだ。米兵たちは、出るときに大きな石で入口を塞いだ。五人はその入口を必死に探した。そして見つけた。わずかな石のすきまから光がさしこんでいたのである。

五人は死にものぐるいで石をどけた。陽の光がいっきに差し込んだ。まぶしい。ついに脱出に成功したのである。このとき、川島一等兵は動くことができず壕内におきざりになった。

外に出た五人の衰弱もはげしかった。五人は近くの草むらに潜んだ。

その翌日、付近を米軍が掃討した。「あの壕に日本兵がいる」と報告したのだろう。

このとき、木陰にかくれていた五人のうち二人が殺されている。生き残ったのは、片岡兵長、鷺谷一等兵、川畑一等兵の三人であった。この三人はこのあと、われわれと合流する。

「幽霊に助けられて外に出ることができた」とのちに片岡兵長が話してくれた。

海軍鍾乳洞は徹底して爆破された。川島一等兵は、ひとり壕内で亡くなった。

合流

六名が海軍鍾乳洞に閉じ込められているあいだ、わたしは仲間と自給自足の生活をした。夜になると食料調達のため島内を走りまわった。

昭和二十年一月のある夜。

午前一時ごろ、食料をかついで帰る途中、海軍鍾乳洞の近くにぼんやり座っている三人と会った。わたしが「照《てる》」と声をかけると「神兵《しんぺい》」と返ってきた。

「誰だ」と問うと、「鷺谷、川畑、片岡だ」と答えた。

「おお、生きていたんですか」

わたしが海軍鍾乳洞にいたときからの知り合いである。彼らが壕内から脱出して一週間後に出会ったのである。

三人は痩せていて、歩くのもやっとだった。すぐ湿地に連れ帰って仲間に入れた。

その後、川畑一等兵は体調が戻らないまま死んだ。鷺谷一等兵と片岡兵長は、そのあと六中隊の山口少尉のグループに合流した。

別の日。未明。

空がうっすらと明けかかっている。小雨降る中を二人が頭に布をかぶって歩いてくる。落ち武者のようだった。すぐに日本兵だとわかった。

「照」「神兵」合い言葉をかわす。

「海軍の土田です」

二人は通信隊の刈部少尉と森島一等兵であった。二人とも陸軍である。森島は食べ物も持たず、靴もはいていない。わたしは二人を助けることにした。

「食べものをわけましょうか」

「すまぬ。よろしく」

「少尉、これを食べてください」

「ありがとう」

貴重な缶詰を一個ずつわけた。いまこの島にいるのは生きのびたわずかな将兵だけであった。もはや部隊は消滅している。生きのびるには食べ物と潜む場所を自分で確保しなければならない。わたしは缶詰を三十個ほど持っていた。

二人は食いながらわたしの缶詰をじっと見ている。これから一緒に行動し、わたしの食料で食いつなごうとしているようだ。こちらも頼られるほど余裕はない。少尉も森島も面識はない。しかも二人とも陸軍である。一緒に行動するつもりはなかった。

「土田さん」。森島がささやく。

「少尉は身勝手な人です。まいてしまいましょう」と言う。

その一言で思いなおした。仲間がいたほうが食料調達など楽である。しかも森島は一等兵である。将校と一緒になると使われるが一等兵なら気やすい。わたしは森島を連れてゆくことにした。雨が降っているため視界が悪い。われわれは、少尉をおいてそっと離れた。

夜明け少し前、わたしは森島を潜み場所につれていった。三原兵長と潜んでいた湿地の岩の割れ目である。森島は隠れる場所が見つかってよほどうれしかったのか、

「土田さん。万一日本に帰れるようなことがあれば御礼をさせてもらいます」

と言う。

わたしは苦笑し「帰れるわけがなかろうが」と答えた。

森島は、茨城県日立市にあるつくり酒屋の裕福な家庭に育った。戦地に来るまでは女優の宮城千賀子と付き合っていたそうで、交際を始めると、森島の父親は「女優なんて駄目だ。一緒になるなんてもってのほかだ」と猛烈に反対したという。

この孤島で、いつ果てるかしれない運命におかれたいま、そのときのことがしきりと思い出されるのだろう。わたしにポツリポツリと話してくれた。

浮いた話だけではなく、日活撮影所のいろいろな裏話をしてくれた。とくに有名人たちの男女の話はおもしろく、最高のなぐさめとなった。

つぎの夜。

森島と食料あさりに出る。浜街道のわきにある小さな湿地帯を探した。そして泥の中にたくさんの缶詰を見つけた。米軍が道路を造るときにあまった缶詰をうめたのだろう。なんと百個ちかくある。大喜びで袋につめはじめた。

そこへ六人連れの海軍の連中が来た。われわれは缶詰を隠すようにして立った。六人は食料あさりが終わってねぐらに帰るところのようだ。

高瀬兵長が声をかけてきた。

「土田、缶詰はないか」

うしろには百個もの缶詰がある。見つかれば半分以上もっていかれるだろう。わたしはドキドキしながら、「何もないですね」と答えた。

「そうかあ。仕方ないなあ。それじゃあジャブカンにするか」

ジャブカンとは、水をジャブジャブ飲んで腹をいっぱいにすることをいう。彼らのこの日の食料探しは空振りに終わったようだ。

しばらく立ち話をしたのち、「あっちへ行ってみよう」と言いながら去っていった。

「ああ、よかったですねえ、土田さん」

われわれは胸をなでおろし、さっそく缶詰を運んだ。

木の上

昭和二十年二月。

ある日の昼ごろ、わたしと森島が湿地の岩の割れ目に潜んでいると、「土田さん、敵が来た」と工兵隊の小山一等兵が知らせに来た。

「早く逃げましょう」とわたしをうながしながら、

「ウワア、缶詰をたくさん持っていますね。食いながら逃げましょう」と言う。

「ばか言うな。敵の声がしよっとに」と腕をひっぱって逃げた。

振り返ると二十人くらいの米兵が、二メートル間隔の横一列でむかってくる。この付近の掃討を開始したのである。わたしと森島と小山一等兵は北に逃げた。そのとき銃声がした。

「天皇陛下万歳」

という声がした。このとき死んだのは工兵隊の小隊長栗原少尉だった。

昭和五十年。三回目の厚生省の遺骨収集のとき、栗原少尉の部下だった小林が、栗原少尉の遺骨と水筒、それと鉄兜を発見した。鉄兜は慰霊碑の墓前に奉祭し、ご冥福を祈った。

わたしと森島と小山一等兵は珊瑚林の中に逃げ込んだ。左は海岸、右は道路である。その中間にある珊瑚林は横幅三十メートルしかない。米軍はその中に日本兵がひそんでいるとみて捜索を開始した。米兵がこちらにむかってくる。きわめてまずい状況であった。

「どどどどうしますか」という森島を、

「おおおおちつけ」と制し、「一つだけ助かる方法がある」と言った。

「どどどうするんですか」と森島が聞く。

「この木に登る」と木の幹を叩いた。

周辺にある木の中で一番大きな木の上に登り、米兵をやり過ごそうという作戦だ。森島と小山が驚いたように木を見あげた。

「それしかないぞ、はよう登れ」とけしかける。

さっそく登りはじめた。しかし森島は木登りが下手なのかつるつるすべって登れない。

「駄目だ駄目だ。登れない」

と泣きそうな声を出す。小山一等兵はそうそうにあきらめ、どこかに逃げていった。

「えい、代われ」

わたしは小銃をくるりと背中にまわし、死んだ米兵からはぎとった大きな革靴をはいたまま、六メートル以上ある木によじ登った。

三メートルくらい登ったとき、巣ごもりをしていた水鳥がわたしを見てギャッと口を開けた。鳴かれたら見つかる。とっさに「この野郎」と首の根っこをにぎって絞め殺した。そのあと木の枝にしがみつき下を見ると、森島の姿がない。木登りをあきらめてどこかに逃げたようだ。

米兵の姿が見えた。近づいてきた。米兵たちはお喋りをしながら歩いてくる。小枝を折らないようにそっと曲げ、下から見えないようにした。

数を数えると三十人くらいいる。一個小隊で捜索をしているのだ。小隊長らしき米兵が指揮をとっている。わたしがいる木の根元で立ち止まり、かがんで足跡を見ている。

わたしはじっとりと汗をかいた。

小隊長が声をかけた。米兵たちが木のまわりに座った。そして、水筒の水を飲んだり、煙草を吸ったりしている。なんと、木の下で休憩を始めたのである。

「なんでこんなところで」

自分の運の悪さをのろった。小枝で隠したとはいえ姿は見える。三十人のうち誰かが上を見ればまちがいなく発見される。下を見ながら上を見ないでくれと祈った。

米兵たちは煙草を吹かし、汗を拭き拭きなにやら話している。幸い木の上を見上げる者はいなかった。自分たちの頭の上に日本兵が隠れているとは思わなかったのだろう。

小隊長が号令をかけた。米兵たちが整列した。出発するようだ。そのとき、付近にある足跡を念入りに見て、その跡をつけていった。

米兵たちは遠ざかった。

生き返ったような気持ちになった。敵はつぎの捜索場所を指さしながら遠ざかった。

「たすかったあ」

と思わずわたしは声をもらした。

それから十分ほどたった。まだ木の上にいる。降りたら見つかりそうで怖い。暗くなるのを待った。

そのとき、銃声が鳴り響いた。海軍の楢崎兵長、刈部少尉が発見され、銃撃戦が開始されたのだ。二人ははげしく応戦したらしい。このとき両名とも戦死した。

夕方になった。

カッサンコ、カッサンコと草をかきわける音が聞こえた。下を見るとみすぼらしい日本兵がいた。その日本兵は木の下までくると立ちどまり、石に腰をおろした。

銃を握りしめて不安そうにキョロキョロしている。よく見ると千葉兵長ではないか。

「千葉兵長」

声をかけた。千葉兵長は飛びあがって驚き、上を見た。

「なんだ、土田じゃないか」

と言って木に登ってきた。

「なるほどこんな隠れ場所があったのか」

とにっこり笑った。

米兵たちがいなくなるまで二人で木の上にいることにした。

目の前には海が広がっている。夕陽が沈もうとしていた。水平線をながめながら千葉兵長が、

「畜生、機動部隊はなにをしているんだろう。はやく来ないかなあ」

とつぶやいた。

昭和二十年二月といえば、米軍が硫黄島に上陸し、日本軍が凄惨な戦いをしているころであった。そのあと、三月には東京大空襲があり、四月には米軍が沖縄に上陸する。

この島の生存兵が待ちわびる戦艦や空母はすでに消滅し、残った航空機はすべて特攻にかり出されていた。

しかし、そういった情報がまったくないわれわれは、いつか連合艦隊が海の彼方からあらわれ、米軍に艦砲射撃を浴びせてくれると信じていた。そしてそのときは、上陸部隊を掩護するために大いに戦うつもりでいた。

「土田、あれを見ろ」

と千葉兵長が指さした。砂浜を敵が銃をかついで帰って行く。

そろそろ降りようかと考えていたところ、森島が戻ってきた。頭を落下傘の白い布で覆っている。布が血で真っ赤に染まっていた。

米兵に撃たれたか。わたしが上から指一本を出して、

「小山はどうした」と尋ねると、ねんねのジェスチャーをした。

小山一等兵は撃たれて死んだのである。米軍の掃討があるたびに、一人また一人と戦友が死んでゆく。つぎはわたしだろうか。

木から降りて森島の頭の布をはずし、傷を見た。

かすり傷だった。追われて三叉路を横切ろうとしたとき敵の一斉射撃を受けた。そのときはじけ飛んだ石の破片が頭にあたり出血したのだ。

わたしは「よかった、よかった」と肩をたたいて喜んだ。

あたらしい潜み場所

恐怖が去ると腹が減る。千葉兵長の背嚢に缶詰が入っているのがわかった。

「千葉兵長、すみませんが缶詰を二個貸してください。後で返します。ねぐらにたくさんありますから」

とたのんだ。千葉兵長はこころよく貸してくれた。


陽がとっぷりと暮れた。三人は湿地に戻った。工兵隊の連中と一緒になり、五、六人が集まって食事をした。食事は自分で調達してきたものを自分で食う。調達能力が劣るものは生きてゆけない世界になっていた。


工兵隊の連中は湿地にバラバラに潜んでいた。わたしは彼らの潜み場所を把握していなかった。メシを食い終わって一服しているとき、森島が、

「唐沢さんと斉藤さんは、この先にある小さい鍾乳洞に潜んでいるそうですよ」

と言った。


わたしは驚いた。この近くに鍾乳洞があるようにはとても見えない。

「まさか」と言うと、唐沢一等兵が「本当だ」とうなずいている。わたしは、

「それは、ちょっとやそっとじゃ見つからないなあ」

とうらやましがった。

わたしと森島が潜んでいた岩の割れ目は、いつ米兵に発見されるかわからない。どこかにもぐり込める穴はないものか。

すると、唐沢一等兵が、

「もう一ヵ所ありますよ」

と言った。「エッ」とわたしが驚き、

「場所はどこじゃろか」と聞いた。

唐沢一等兵は、

「この先まっすぐ行ったところにあります」

と指をさして言う。

月の光で明るいとはいえ、暗くてよくわからない。そこでわたしが、

「唐沢君。この乾燥肉をやるけん、買うたつもりで案内してはくれんじゃろか。たのむ」

と頭を下げてたのんだ。唐沢一等兵はすこしためらったが、

「わかった」

と言って案内してくれた。

その場所は壕ではなく岩の割れ目だった。ただしここは、湿地の水面より一メートルくらい上に登ったところにあった。

穴の中にもぐってみた。これまでいたところよりも数倍安全であった。唐沢一等兵になんどもお礼を言った。

モグラのような生活が始まった。

頭上に大きな石をがばっとのせ、すきまに枯れ枝をかき集めて偽装した。壕ともいえない粗末な造りである。しかし湿地の水面に近いこともあり、米兵もここに人がいるとは思わないだろう。

狭いすきまに千葉兵長と森島とわたしがもぐり込んだ。三人おりかさなるようにならないと中に入れない。すきまにもぐり込むと隠れているという安心感がある。

やっと生きた心地がした。夜もこれまでより眠れるようになった。

ところが、二、三日後、ここに敵が来た。昼、ガタン、コロコロと石の上を歩く音がする。われわれはじっと身をすくめる。しばらくすると足音が消えた。様子をうかがう。人の声もない。

夕方、外に出た。石ぶたの横に電線が通っていた。

「ははあ、通信用の電線を張りに来たんじゃな」

掃討ではなかった。

「ということは、ここに米兵が来ることはめったにないじゃろう」

とほっとした。

ちなみに、われわれにここを教えてくれた唐沢一等兵はこの島で死んでいる。

終戦後の話になるが、唐沢一等兵が森島と二人で道路ぎわを歩いているとき、米兵三人につかまった。森島は抵抗して逃げたが、唐沢一等兵は連行され捕虜となった。唐沢一等兵は隠しもっていた刃物で自らの首を裂き、自決したという。場所は米軍の病舎だったそうだ。

米兵たちは捕まえた日本兵を助けようとした。しかし、唐沢一等兵は、

「このまま生きていれば拷問を受け、潜み場所を白状させられ、戦友たちが殺される」

と思った。そして、その夜かそのあとかはわからないが、自決してしまった。

わたしはのちに脱走し、米軍の基地に行く。そのとき、わたしがまっさきに聞いたのが唐沢一等兵のことであった。この話は通訳から聞いた。唐沢一等兵はシャキシャキした気持ちのいい男だった。できれば一緒に内地に帰りたかった。一緒に帰ることができただけに、残念だった。

食料争奪戦

昭和二十年三月をすぎると、各中隊が奪い合うように食料をかついだ。食料あさりが食料奪取にかわったのである。

米軍が沖縄本島への上陸を開始するのが昭和二十年四月一日である。そのあと四月十七日にはフィリピンのミンダナオ島に上陸を開始する。その後方支援基地がペリリュー島であった。そのため、あらゆる補給物資が大量に運び込まれ、島のあちこちに山のように積まれていた。

この時期になると、武器や弾薬だけではなく、食料、衣類、靴、煙草、雑貨のすべてを米軍から調達することができた。

かつて日本軍と死闘を演じた米軍の主力部隊はこの島を去り、最小限度の警備要員だけが残留していた。われわれの行動は以前よりも自由になり、夜にかぎっていた外出を昼もするようになった。食料かつぎも次第に巧妙かつ大胆になり、食料の備蓄は充実する一方だった。

食料探しは情報戦である。

「昨日、通信隊の連中が海軍通信工作科壕から大和煮の缶詰をかついできた」

という情報を入手した。

「これはいけねえ」

とわれわれ湿地組は、夕方、はやめの時間にその壕へむかった。いそがなければ全部もっていかれてしまう。着いてみると壕の中には大量の缶詰の箱が残っていた。その数、百個以上はあるだろう。

それ、とばかりに運びだしにかかった。その最中に通信隊が到着した。

通信隊は「しまった」という顔をして、われわれの作業に割って入り、運びだしを始めた。双方入り乱れての競争となった。缶詰の数が多かったため、ケンカすることもなく無事に作業が終わった。おたがいに満足するだけの食料を確保して喜んだ。

そこに千葉兵長が来た。

「おい土田」と耳元でささやく。蚊の鳴くような声であった。

「なんですか」とふりむくと、

「シッ。声を出さずに聞け。このすぐ山のふもとに敵の食料が山積みされている」

と緊張した顔で言う。たったいま、小林と一箱かついできたというではないか。米軍の缶詰は味がよく、ボリュームがあり、種類も多い。それが大量にあるという。

「ほ、ほんとうですか」

わたしが驚くと、シッと人差し指を立てて、

「あそこに高射砲陣地跡があるだろう。あそこにある」

と、顔を動かさないで山麓にある高射砲陣地跡を見る。わたしも目だけを動かして見た。小さくだが角張ったシルエットが見えた。なんと、あれがぜんぶ缶詰の箱だという。

「ほほほほんとですか」うわずるわたしを、

「静かに、静かにせんか」と制する。

いま動けば通信隊にばれる。うまい話は独占しなければならない。いなくなるまで待つことにした。

しかし、通信隊はなかなか腰をあげない。缶詰を手に入れたせいもあって、ご機嫌で雑談をしている。先に出発するとあとをつけられるおそれがある。通信隊が潜み場所にむかうのをじっと待った。通信隊のおしゃべりはつづく。なかなか動かない。たまらずわたしが、

「ええい、はよういかんか」と舌打ちをする。それを千葉兵長が目でおさえる。

ナバ

待つこと二時間。やっと通信隊が立ち去った。すぐさま夜の山を走った。

午前二時ごろ。高射砲陣地跡に着いた。信じられないことに米軍の缶詰が箱ごと山になって積んである。空にはわれわれを祝福するかのように月が輝いていた。

すわ、かつげ、かつげ。もう大和煮なんてどうでもよい。かつぐと重い。箱がずっしりと肩にくいこむ。その重さがうれしい。箱の数が多すぎてとても運びきれない。何箱かを近くのボサに隠し、一人で二箱ずつ持ち帰った。さっそく開けてみた。

屋外の晩餐会が始まった。

「おっ、うまい。これはなんの缶詰だろう」

と千葉兵長が言う。わたしがこれも知らんのかとしたり顔で、

「これはナバだよ。ナバの茎のところだ」と言った。

「？……土田、ナバとはなんだ」と聞く。

わたしはもぐもぐ食いながら、「ナバだよ。キノコの茎のところ」と言った。

爆笑がおこった。

「はははは、九州ではキノコのことをナバと言うのか」

わたしはてっきり「ナバ」は標準語だと思っていたが、そうではないらしい。一同、大笑いとなった。

そのとき食ったのは腸詰めのソーセージだった。超高級品である。月を見ながらポキポキ

と歯切れのよい音を立てて食べた。こんなにうまいものが世の中にあるのか、と思った。

われわれはさらに二回、三回と寝ぐらに運び込んだ。食料が命である。いくらあっても困ることはない。運びきれないために何十もの箱を途中に隠した。

　しかし米軍が、この大量盗難に気づかないはずがない。隠していた箱も見つけられた。そして大掃討が始まった。

一個中隊ほどの部隊が来た。湿地帯をシラミつぶしに捜索している。銃声が聞こえた。すきまからチラリと見る。タンカに乗せた死体を手わたしで運んでいる。

空き缶に糞をして投げたあとを発見し、潜伏場所を特定したらしい。逃げるところを撃たれたようだ。また、戦友が死んだ。

指揮官らしき米兵が、われわれのねぐらのふたの石にどっかと腰をおろした。

わたしは口を手でおさえ呼吸の音がもれないようにした。目の前に空き缶がある。万が一、石ころが缶の上に落ちたら音がする。ぶるぶる震える手で静かにうしろに移動した。

指揮官が腰をあげた。米兵たちがふたの石を踏んでゆく。靴底がチラリと見えた。森島が耳元でささやいた。

「土田さん。敵はもう帰ろうと言っています」

なんと、この男は米兵の英語がわかったのだ。

「大学出はたいしたもんじゃなあ」と感心した。

米兵たちが引きあげていった。この掃討で三名の戦死者が出た。どこに潜むかが生死をわける。すべては運であった。

掃討後、山麓の食料は一箱も残されていなかった。しかし、これであきらめるわけにはいかない。食料集めは重大な任務であった。いまでもかなりの備蓄はある。二、三ヵ月は大丈夫だ。しかし、より多く確保しておきたいと思うのが人間の本能である。

あの食料はどこに消えたのか。どこかに隠されているはずだ。さっそく探索を開始した。

米軍幕舎

ある晩、Aが来た。Aは湿地から少し離れた穴に一人で潜んでいた。近くにいたためしょっちゅう連絡をとっていた。

「オイ、見つけたぞ。箱が積んである幕舎を」

話によると、昼、Aが木の上に登って島を見渡した。そして見つけた。いくつもの幕舎が飛行場の隅に建てられている。その幕舎の中が箱で一杯だという。

Aはそのまま夜まで潜伏し、その中の一箱をかつぎだしてきた。自慢げに缶詰を一つ取り出してみせた。トマトジュースだった。

Aが要領を教えてくれた。

「最初から走ったらだめだ。米兵だと思わせろ。帽子をかぶってゆっくりかっぽして幕舎まで行け。走ると日本兵だとわかる。下を這ってゆくと地面が白いからすぐに見つかる。米兵になりきってボサから幕舎まで歩くのが一番安全だ」

山を下って幕舎の近くのボサに入る。ボサから幕舎までは四十メートルくらいある。幕舎の警備兵が一周するのに十分かかる。そのあいだにボサから幕舎まで行って箱を一つか二つかついで戻ってくる。われわれの服装は靴から帽子まですべて米軍の軍服になっていた。箱を取りにゆくときに米兵になりきって堂々と歩く。これがAの作戦であった。

はたしてそんなことができるのか。大いに疑問だったが、とりあえず行ってみることにした。先発は千葉兵長と小林一等兵が行った。

「おい、取ってきたぞ」

二人が缶詰の箱をもってきた。開けるとカリフラワーだった。食べるとすっぱい。

「これをアメリカ人はオシンコのかわりに食べるんだな」

などと話しながら食った。わたしは二度目に行った。斉藤さんと行くことになった。斉藤さんは古参兵でわたしより四つか五つ年上だった。

二人が出発した。夜、星を見ながら、山を越え、谷を渡り、崖をこえてようやく目的地の幕舎前に来た。あたりはライトで煌々と照らされている。

ボサの中に二人で伏せた。夜行性の動物のように目だけを出してあたりを見渡す。米兵が巡回している。二人の歩哨が銃をかつぎ、懐中電灯であたりを照らしながら回っている。

米兵の動きはきびきびしたものではなく、てれてれしていた。二人でしゃべりながらぶらぶら歩いている。一周回ってくるのは五分ないし十分か。目の前を通過して角を曲がり姿がみえなくなった。

「よし、いまじゃ」

最初に斉藤さんが行った。斉藤さんはAが言ったようにゆっくりと歩いて道路を横断した。わたしもそれをまねして大股で歩いた。いつ見つかるか。恐怖で心臓が爆発しそうだ。

幕舎まで行って箱をかついだ。行くときは言われたとおりゆっくり歩いていったが、箱をかつぐやいなや、緊張に耐えきれず、猛ダッシュでボサのなかにころがりこんだ。

それから何十回と盗みにいった。わたしはやせていたから一箱かつぐとふうふういった。その点、工兵隊は強く、三箱くらいかついでいた。

箱の中は開けてみないとわからない。大きい缶詰の場合は六個、小さいのだと二十四個以上入っていた。戻って箱を開け、みんなでワイワイいいながら品定めをした。

かつぐ日は月の満ち欠けによって決めた。「今日は何月何日で、満月だから行こう」などと話しあって決めた。

理想は、盗むまでは暗く、帰り道は明るいほうがいい。月が出る時間から逆算して出発する時間を決めた。かついで帰る時間はだいたい午前一時か二時だった。

山越えは大変だった。とくに帰りがつらかった。行きは体一つだからまだいいが、帰りは重い箱を持って暗いジャングルを歩かなければならない。これが大変だった。

一度、あぶなかった。

いつものように二人でボサから幕舎まで行き、箱に手をかけた。

そのとき巡回の別の米兵がこちらにむかってきた。ボサまでもどったら見つかる。

「こりゃあしまったあ」

わたしはとっさに積みあげられた箱の上にのぼって平蜘蛛《ひらぐも》のように伏せた。もう一人も箱の上にあがってベタッとはりついた。心臓がバクバク音をたてた。米兵の顔がわたしの直近をゆっくり通る。

生きた心地がしない。

幸運にも見つからなかった。そのときはなにもとらずに箱から飛びおり、うしろも見ずに逃げ帰った。

食料は島のあちこちにあった。浜街道のわきに大きな木があった。直径が二メートル半くらいある。その木は二股にわかれて空に枝をつきあげていた。おそらくペリリュー島でもっとも大きな木だろう。

この木が米軍の艦砲射撃でへし折られ、形がY字になって残った。われわれはそれを「わいのき」と呼んで目印にしていた。

このYの木の根元が缶詰の捨て場所だった。空き缶が多かったが、なかには未開封のものもあった。夜になるとそこに行き、缶詰を一つ一つ点検し、食えそうな物を持ち帰った。

Yの木の近くに浜街道が通っている。その浜街道から少し入ったところに湿地がある。海水が濾されてわきでた自然の水場で、われわれは「命水《いのちみず》」と呼んでいた。

水場は大きく、幅十メートル、広いところは二十メートルくらいはある。深いところで三、四メートルはあるだろう。

夜、壕を出発して山を下り、Yの木周辺で食料をあさり、水を汲んで帰った。そしてご飯を炊いたり缶詰を開けたりして食事をしていた。

以前のように無茶な運び方をしなくなったせいもあって、掃討されることはなかった。ときおり演芸大会などのシャレた催しをする余裕もでてきた。

第四章　壕の生活（昭和二十年四月〜昭和二十二年三月）

工兵隊壕

昭和二十年四月ごろ。

ある夜のこと。かついできた缶詰を隠そうと石をのけたところ、

「おや」

小さな穴が出てきた。

「鍾乳洞かなあ」

入口は小さい。

「よし、俺が降りてみよう」

わたしが入ることにした。ところが小さなわたしの体でも入れない。近くにあった艦砲の弾の破片でガリガリ土をかいて穴を大きくした。

「よし、入れそうだ」

ようやく中に入った。これまで潜んでいた穴よりも深い。二メートル半くらいある。内部は泥ではなく石である。暗がりに足をぶらぶらする。つま先立つとなんとか足が着いた。

携帯していた電線に着火し内部を照らした。底には二十センチ程の水が点々と溜まり、上からは鍾乳石が垂れ下がっている。内部は細長く奥までつづいていた。面積にして二畳くらいの広さはある。

「オーイ、小さな鍾乳洞だぞ」

みんなも入ってきた。

「こりゃいい」

みんなで鍾乳石のツララを鉄片で叩き落とした。この小さな鍾乳洞が最後まで住み着いた家となった。

湿地帯のメンバーも集まってきた。海軍三名、工兵隊三名、通信兵二名、沖縄陸軍一名、沖縄軍属一名、計十名で住むことになった。混合部隊であった。

この壕を「工兵隊壕」と命名した。

入口に大きな石をがっぷり載せる。これまでの場所とくらべると超高級住宅である。

中の地面にはなだらかな高低がある。穴を掘っておくとその穴に水が溜まる。水は潮の干満で上下する。そこに寝たままシャーッと小便をする。天然の水洗トイレであった。

問題は大である。米軍に見つかるときは便で見つかる。そこでわたしがひらめいた。米軍の水缶は大きくてフタもパッキンでぴたりと閉まる。

「それを使ったらどうじゃろうか」と提案した。

ポリタンクと同じ大きさである。口が大きくてするのにちょうどよかった。斜めにして腰かけるとペタッとお尻にフィットする。栓を閉めておけば臭いも出ない。いっぱいになると、「そろそろ行くか」と海まで行き、見張りを立てて海水でガバガバ洗う。

潜み場所が見つかるときは便で見つかる。米軍が掃討するときは人糞を探した。終戦まで米軍の掃討はきびしく、発見されたときに抵抗すれば容赦なく射殺された。

そこで対抗策として水缶を使いはじめた。それから便の管理が行き届くようになり、米軍の掃討から逃れた。われわれの命が助かったのはこの水缶のおかげだったと言っていい。

便は普通だった。下痢はしていなかった。アメリカの缶詰をたっぷり食っていたから栄養状態はよく、全員、健康だった。

壕内の温度は三十度くらいだろうか。暑いのでみな真っ裸でいた。満潮のときに穴を掘ると水浴もできた。

われわれの壕は捜索隊の通り道にあった。一番怖かったのは犬だった。食べ物の匂いをかいでいるのか、なかなか立ち去らなかった。

八月十五日以降、終戦後におこなわれた米軍の捜索は、戦闘中におこなわれた「掃討」ではなく、敗残兵の救出を目的としたものだった。米兵たちは潜伏している日本兵を見つけ、助けようとした。しかしわれわれは、見つかれば殺されるとかたく信じていた。そして、米軍はゆるすことのできない敵だと憎んでいたのである。

戦友たち

二度目の演芸大会をやろうとみんなで集まった夜のことである。午前一時ごろだっただろうか。とつぜん銃声のような音が聞こえた。みんな耳をすました。そのあと静かになった。われわれはあまり気にせず、ふたたび演芸大会を始めた。

翌日。

「陸軍のB上等兵が手榴弾で自決した」という情報が入った。

Bは前からおかしかった。敵恐怖症にかかっていたのである。

いつだっただろうか。ある晩、五、六中隊の壕（「本部壕」と言っていた）に行くため五、六人で歩いていた。先頭を離れて歩いていたBが、とつぜん、

「敵だ、敵だ」

と声を出して反転してきた。驚愕したわれわれは一斉に逃げた。しかし米兵が追ってくる気配がない。待て、とみな立ち止まり、ハアハア言いながら、

「敵の気配は全くない。本当に敵がいたのか」

とBに尋ねた。不審に思い、みんなで元の場所に戻ったが、米兵がいた様子もない。

「おかしいなあ、確かに敵の声がしたのだが」とBがつぶやく。

それから二十日後。われわれが聞いた音はBが自殺した手榴弾の音であった。

Bと一緒にいた飯島さんが言うには、食料をかつぎに行ったとき、Bがとつぜん銃に着剣し、

「エイ、ヤーッ」と大声を出して四方を突きまくった。

「飯島、なにボヤボヤしているのだ。敵に囲まれているのに……」

とわけのわからないことを叫び、気合いもろとも突きまくる。飯島さんは身の危険を感じて逃げ帰った。翌晩、心配して見に行ったところ、後頭部が吹っ飛んで死んでいたそうだ。長い敗残生活に疲れ、おかしくなったのだろう。


工兵隊壕に入って二週間がすぎたころ。とつぜん海軍の五人組がやってきた。潜む場所を探しに来たのである。大人数になると発見される可能性が高くなる。迷惑であった。


二十メートル先でゴトゴトやっている。われわれはブツブツ文句を言ったが、どうやら穴を見つけたようだ。小さな鍾乳洞を改良して住みついた。われわれは出ていけとまで言う権利はない。住む場所を見つけると、五人組がわれわれのところに来て、

「工兵隊よ、済まぬ。なにかあったら協力するから、ここに住まわせてくれ。たのむ」

と頭を下げた。


われわれも「そこまで言うならば」と隣人になることを許した。

この島では、米軍も去り、戦友たちが思い思いの住居を見つけた。食料もたっぷりためこんだ。日常生活に必要なものは盗んだり作ったりした。衣食住を確保し、安定した生活をお

くりはじめた。

こうなると、気持ちに余裕もできて、余暇をどう過ごすかを考えはじめる。

最初はお喋りだった。故郷のことをまず思い出す。青春時代の彼女とのロマンスやお国自慢に花が咲く。

「千葉兵長、青春時代のロマンスを話してくれよ」

「そうだな、聞かせるか」

他の者が脇腹をつつきあってクスクス笑う。話が始まるとだまってじっと聞きいる。

その話を聞くのは、もう三度目か四度目である。話もうまくなった。二十代だったわれわれは、彼女をものにしたところを聞きたいのである。

千葉兵長が彼女とのなれそめをとうとうと話しはじめた。われわれはニヤニヤしながら「ヤマ場」が来るのをじっと待った。

その他、米軍からかっぱらったノートにペンで小説を書く者や、講談を作って聞かせる者など、それぞれ暇な時間をどう過ごすか工夫していた。

暗い話もある。戦友同士でこういうことがあった。

A上等兵は五年間の軍歴がある。B伍長は四年で伍長になった。伍長のほうが階級は上だが、軍歴はAのほうが長い。

二人がケンカした。

A上等兵が、「なに言ってんだ、俺のほうが一年ながくメシ食ってんだ」と言い、

B伍長が、「なにい、俺のほうが上官だ」と言い返した。

二人のケンカはエスカレートしてゆき、そしてある日、B伍長が、寝ているA上等兵を壕で殺した。

このほかにも壕の中では言葉づかいや物資の奪いあいでいろいろあったようだ。

娯楽

こんな生活をしていると、どうしてもストレスがたまる。それがさまざまなトラブルをひき起こしていた。

わたしは「なにか遊びを考えないかん」と知恵をしぼった。勝負ごとが好きだったわたしは、花札作りを思いついた。暇はいくらでもある。さっそくとりかかった。

絵がうまいのは六中隊の片岡兵長である。わたしが段ボール箱を花札の大きさに切り、片岡兵長が油煙で絵を描く。思った以上にうまくできた。さっそく賭場を開いた。始めてみるとこんなにおもしろいものはない。たちまち大ブームとなった。

昼夜兼行のおいちょかぶが始まった。各中隊入り乱れてやりあっている。もう大騒ぎであった。みんなでワアワア言いながら楽しんでいると、横で見ていた横田一等兵が、

「俺はやらん。博打なんてものは、勝っても負けても後味が悪い」

と言う。しかし、あまりにみんなが楽しそうにやっているため、それほど誘っていないのに、

「そんなに言うなら一回だけ」

と参加してきた。いったん始めてみると、嫌いだと言っていた横田一等兵が一番夢中になってしまった。

賭けるものは手持ちの食料である。五中隊の福永伍長などは負けがこみ、手持ちの食料を全部とられてスッテンテンになってしまった。こうなると食うものがなくなってしまう。仕方なく一人で米軍の食料を盗みにいった。

賭けるものが食料だったからみな真剣だった。そしてだんだんとヒートアップしてゆき、ケンカも多くなった。

「こりゃいかん」

横田一等兵が言うように、賭け事は恨みが残る。別の遊びを考えなければ、なにが起こるかわからない。そこで、ひらめいた。

「将棋なら、よかじゃろう」

さっそく駒を作りはじめた。これが島生活の最大のなぐさみになった。わたしは手先が器用なので彫るのがうまかった。最初は段ボールの紙で駒を作り、油煙で線をひき、金、銀と書いた。しかしやはりものたりない。パチッという音がなつかしい。そこで木を削って駒を作った。思ったよりうまくできた。

できた駒をみんなに見せると、「こりゃあ、うまい」と感心された。全部で五セットくらい作っただろうか。字を彫るときには旋盤工の腕が役にたった。戦友の三割は将棋を知っていた。

わたしが「将棋を始めるぞ」と言うと、

「俺は田舎二段だ」と森島が大きく出た。

わたしも将棋は好きだったから、田舎二段がどの程度の実力かは知っていた。

「たいしたことはないじゃろう」

とタカをくっていた。ところが、実力は本物だった。強くてまったく歯がたたない。飛車角を落とし、両香抜きでも勝てなかった。

将棋を思いついたのはわたしだった。盤と駒を作ったのもわたしだった。大変な苦労だった。わたしは腕にも自信があった。できたらみんなを負かしてやろうと楽しみにしていた。

ところが、いざ始まってみると功労者であるわたしをさしおいて、森島がいちやく師匠すじになってしまった。しかも森島の手ほどきを受けた将棋知らずの新人がメキメキと上達し、ついにわたしを負かすようになってしまった。

このまま負けっぱなしというわけにはいかない。暇さえあれば将棋盤にむかう毎日となった。そのうち他の中隊にも広がった。交流戦が始まった。

五中隊が他流試合にやってきた。他の部隊にはない缶詰を出し、お客さんとしてもてなす。五中隊もおみやげに缶詰をもってきた。缶詰はそれぞれ違う場所からもってきたものなので、なかには口にしたことがない珍しいものもあった。

他の中隊の者が来ると、

「来たぞ来たぞお、他流試合だあ」と喜び、

「いっぽうは経験者のロートル、いっぽうは新進気鋭の新人、さあ、どちらが勝つか」

とはやしたてた。基本的に各中隊は仲がよかった。

「あそこの壕では、妙な缶詰をかついでいるぞ」

という情報が入ると、その壕に行き、

「おい、これはどっからかついできたんだ」

と聞く。聞かれたほうも、

「これはどこどこにあったんだ」

と言って食わしたりした。

お呼ばれしたり、呼んだりと、お客さん招待はしょっちゅうやっていた。各中隊とも十分に食料を備蓄していたからだろう。争うことはなく、お互いに助けあって生きていた。

まさに、衣食足りて礼節を知る、であった。

捜索

昭和二十年八月も半ばをすぎた。

日本が始めた太平洋戦争は、何百万人、あるいはそれ以上と言われる死者を出してようやく終わった。

しかし、「われわれの戦争」はまだつづいていた。

終戦後も米兵が五、六人でたびたび捜索に来た。

壕の中にいると音に敏感になる。カタコトカタコトと小さな音が聞こえる。いやな音であった。気がつくと、口に手をあて、小さな声で「敵だ、敵だ」と他の者を揺り起こす。

工兵隊壕の入口には石ぶたをかぶせてある。ひとかかえもある大きな石で、丸く平べったい。座るのにちょうどよかった。

海岸と道路の中間にあるこの壕の上は捜索路である。正面は湿地でひろびろとしているため、絶好の休憩場所になっていた。米兵はいつも工兵隊の壕の真上で休憩した。

そのときに座るのが入口の石の上なのである。石は大きいとはいってもゴロリと動かせる大きさである。なにかの拍子で石がころがれば、地面の下に壕があることがばれる。

早く行け、と念じながら息を殺す。

米兵たちがぺらぺらしゃべっている。ときには拳銃を撃って遊ぶ。その音にビクッとなる。

そのときのなんともいえない気持ち。いまだにときどき夢を見る。死が一歩一歩近づいてくるような恐怖。緊張で胸がつぶれる思い。

米兵は一時間ほど休憩すると去ってゆく。

捜索があった日は、暗くなってからも一時間くらいじっとして周囲の状況を観察する。

完全に大丈夫だとわかった時点で総員起こしとなる。その晩の食事はまずく感じる。会話も少ない。

「よかったなあ、発見されなくて」

「まだわれわれには運がある」

と喜ぶが、なんとなくシュンとなって盛り上がらない。将棋もせずにみな横になった。

米兵は捜索のとき、かならず壕の上で腰をおろす。そのつど、いつ発見されて殺されるのか、という恐怖と戦わなければならない。これではとても神経がもたない。なにかよい方法を考えなければ。

名案が浮かんだ。入口を上ではなく、横にするのである。

さっそく夜間作業が始まった。壕の中から湿地にむかって直径五十センチほどの穴を掘りはじめた。長さ二メートル半掘ると湿地の崖にポコリと出た。壕内から湿地帯にぬける横穴である。これで上の入口はいらない。これまでのふた石をどかし、がっちりと動かない大きな石に代えた。

横穴は付近にあった大きな石を立てかけた。そして石を何重にもつめた。出るときには中から順番に石をとりだしてうしろにおき、最後の石をどけて外に出る。こうしておけば、外から最初の石が剥がされても石がいっぱい詰まっているため奥に壕があるとは思わないだろう。面倒はかかるが安全性は増す。

できばえは上々であった。絶対とは言えないが、これまでより安心感がある。

「これなら発見されることはないじゃろう」

わたしは汗をふいた。

ターザンたち

生き残った通信隊が数名いた。その連中は島の内部は危ないと考え、マングローブがある入江のほうに行った。しかし横田一等兵は、

「マングローブはいやだ」

と言って仲間を抜け、わたしたちの壕に来た。そのとき米を半俵と缶詰をもってきて、

「お世話になりたい」

と言った。われわれは横田一等兵が持っている米をじっと見ながら、

「ああそうか、まあこっちこいや」

とこころよく受けいれた。

その後、通信隊からの音信はまったくなかった。生きているのか死んだのか情報がない。われわれは、一年近く音沙汰がないので死んでいると思っていた。

その通信隊の三人がとつぜんあらわれた。その姿を見て驚いた。元気なのである。

われわれは地下牢のようなところにいた。日中は壕の中にいるため、まったく日光にあたらない。食べるものも肉系の缶詰ばかりである。野菜や鮮魚類がないのでビタミンも不足した。そのため顔色が悪く、みな一様に鉛色をしていた。

ところが、彼らの顔は真っ黒に日焼けし、五体からはつらつとした英気があふれていた。同じ敗残兵でありながら、われわれと違って健康体そのものであった。

三人の話を聞いてうらやましくなった。

島の北部の海岸に入江がある。彼らの住んでいる場所は海から百メートルほど入ったところらしい。水際にマングローブが生えている。その中に家を作ったという。

そこまでは足跡がつかないように根から根を飛びながら行くそうだ。さっそくわたしは遊びに行くことにした。元通信隊の横田一等兵も一緒に行った。行ってみてびっくり仰天であった。まさにターザンの生活であった。

まず、水が天水である。それもたっぷりある。島では一日に二回スコールが降る。われわれはそれを空き缶にためてすする。それでは足りないため水缶をかついで水場まで汲みに行く。その水は塩をふくんだ水である。

ターザン組は違う。マングローブの枝を何本も集めてドラム缶につっこんでおく。スコールがあると雨水がマングローブにざあざあ降り注ぐ。すると水が枝を伝ってドラム缶に流れ込む。一日でドラム缶が満杯になるという。飲ませてもらったが、真水はやはりうまい。

それだけではない。食料事情がわれわれとはまったく違う。それは驚嘆すべきものであった。

彼らが住んでいる場所は入江である。潮の満ち引きによって水位が変わる。満潮になると大小の魚が群がるようにして上がってくる。それを弓で射るというのだ。

わたしが行ったときはちょうど満潮だった。床下あたりまで水があがっている。見るとなるほどいろいろな魚が潮に乗って上がってきている。ボラが多かった。

それを手製の弓で獲ってみせてくれた。見事な腕である。まるで原住民のようだ。ピシュ、と鋭い音がするたびに魚が浮いてくる。弓と矢はマングローブの枝で作る。

毎日やっているうちにうまくなったのだろう。おもしろいように獲れた。獲った魚は刺身にしたり焼いたり煮たりして食っているという。

潮が引くと泥の地面があらわれる。栄養が豊富な泥土は生き物の宝庫である。

そのなかで最高のご馳走が泥蟹で、大きな奴は飯盒にハサミを二個入れたら一杯になる。

晩餐会が始まった。わたしもいただいた。魚は刺身である。こんなところで刺身が食えるとは。醬油がないため乾燥味噌を溶いたスープにつけて食べる。蟹は飯盒に入れて海水で煮る。ハサミがでかい。割ると身がたっぷりだ。湯気をあげる白い蟹肉に喰らいつく。つぎに蟹味噌につけて食べる。

「かあぁ、たまらん」

たとえようのないうまさであった。

家は地面から二メートルほど上にある。マングローブにヤグラを組んで作った高床式住宅である。

二階建てであった。床と屋根とベッドがあり、カーテンまである。むろん戦利品である。住みごこちがよい。ベランダから釣りもできる。日光を一日中浴びることができる。木々のあいだから日差しがもれる。床に寝ころぶと海風がすがすがしい。

なんという清涼さか。われわれが住む壕内のよどんだ空気とは大違いである。

大便小便も木の上から遠慮なくできる。天水が豊富だから水浴もいつでもできる。生存兵にとってこれ以上の楽園があるだろうか。

移住計画

さっそくわれわれも造ろうということになった。

工兵隊から千葉兵長とわたし、海軍から浜田、塚本ら四名が調査に入った。山に登り、場所の目星をつける。

「あの連中はあの辺に住んどる。おれたちはどこの辺がいいかなあ」

ようやく場所の見当をつけ、飛行場から湿地に入り、現地調査をおこなった。干潮だったので足跡がつかないようにマングローブの根元を飛びながら進んだ。

「この辺はどうじゃろか」

太い木がたくさんある。家を造るのに都合がよさそうだ。日当たりも悪くない。場所が決まった。気になるのは泥に足跡が一つあったことである。

「これは誰のもんじゃろか」と誰かが心配したが、

「それは昔の足跡じゃ。なにがこんなところに敵が来るもんか」とわたしがうち消した。

それならここにかけようということになり、さっそく家造りが始まった。造り方は通信隊をまねた。数時間で床ができた。トイレも立ってシャーシャーできる。

「こりゃあええ」と、みな喜んだ。

いつのまにか満潮になっていた。大きな鯉くらいの魚が急造の床の下をうようよ泳いでいる。

さっそく弓作りを始めた。あせりで手が震える。できた。ただちに狩りに入った。見よう見まねで魚をねらい、射った。しかし、思うように命中しない。

「えい、代われ」

わたしがやってみた。当たらない。

「代われ、このへたくそが」

他の者がわたしから弓を取り上げて矢を放つ。やはり当たらない。

悪戦苦闘の末、ようやく射止めたのが手のひらにみたない小魚二匹だけ。目の前にごちそうがあるのにどうにもならない。

「なんとかならんもんか」

とみなで地団駄をふんだ。そこで私が考えた。

「袋網を仕掛けたらどうじゃろう」

昔、川で魚を獲ったことを思い出したのである。

そういえばゴミ捨て場から拾ってきた真鍮《しんちゆう》の丸い網がある。「よし」と走り、壕から道具類をとってきた。

マングローブの根を金切りノコでV字に切った。ノコも米軍の倉庫からかっぱらってきたものである。木に網をつける。なかなかうまくいかない。夜の十時ごろ、ようやくできた。いそいで仕掛けてみる。うまく獲れるだろうか。どきどきする。

満潮から潮が引きはじめた。すぐに反応があった。ゴトゴトと暗闇の中で音が聞こえる。しかけた網に魚が入った音だ。

「土田、入ったぞ、入ったぞ」

塚本が叫ぶ。二キロくらいの大物が三匹も入っている。さらに別に作ったウケ（大きな網）で水の中をすくうと、ナマズとドジョウを足して二で割ったような魚ががちゃがちゃ入る。

「うわああ、こりゃ、いくら獲れるかわからんぞ」

「うほほほ……」

「まず刺身じゃ」

「土田、これを味噌汁にして食べよう。どんだけうまいか知れんぞ」

と大騒ぎになった。浜田が、

「土田、壕に乾燥味噌がある。取りに行くぞ」

浜田と二人で夜明け前に壕まで走った。

壕に帰って、

「みんな喜べ、魚がたくさん食えるぞ。刺身でも煮物でも腹一杯だ」

と報告した。

「どういうことだ」

わたしがこうこうこうだと説明した。

「ウワー」

と歓声が上がった。みな大喜びである。

わたしと浜田は乾燥味噌をもって戻り、魚づくしのパーティーを開いた。うまかった。


次の日の午後。

千葉兵長と塚本がマングローブの基地に行った。

まだ大勢で暮らせるほど施設が整っていない。そこで、大きな家ができるまでのあいだ、順番で二名ずつ行き、家造りの作業をしながら魚をたらふく食べることにしたのである。

ところが、その日の夜七時半ごろ、千葉兵長と塚本がとぼとぼ帰ってきた。

「敵に発見された」と言う。

二人がマングローブの基地にいると、パチャパチャと音がした。ひょっと見ると若い島の娘が立ちどまり、こちらをジッと見ている。妙な建物があるなあと思ったのだろう。

「日本のヘイタイサンかあ」

と、声をかけてきた。

「そ、そ、そうだ。こっちに来い来い来い」

と二人が手招きをした。娘は後ずさりをしながら、

「いや。そこに友人が待っているから」

と言うがはやいか逃げだした。

塚本は気が短い。

「銃銃銃銃銃」

と叫んだ。米軍に通報されないよう撃とうとしたのである。銃を手にしたときには女の姿は遠く離れていた。その逃げ足のはやいこと。

仕方なくその場所を捨てて帰ってきたという。

「うわああ」とみんな声をあげてひっくりかえった。一同ガックリだった。

「通信隊も見つかったじゃろうな」

とわたしは思ったが、彼らは見つからず、最後までマングローブに住んでいた。


昭和四十三(一九六四)年四月に、はじめて慰霊収骨に行ったとき、あのときの娘さんに会った。五十歳くらいになっておられた。日本名はハル子さんだった。みなでそのときのことを話した。

「いまでもよく覚えています」

とハル子さんは言う。ハル子さんは蟹獲り名人だったそうだ。いつもどおり蟹獲りに行ったところ、日本兵の小屋を見つけた。

逃げたあと、米兵を案内して行くと、椰子蟹やマングローブ蟹が七匹、生きたまま天井からぶらさがっていた。

その小屋は米兵がガソリンをかけて燃やしたそうだ。

昭和五十（一九七五）年に訪島したときは、ハル子さんは結婚しており、ご主人と幸せそうだったが、五十七年に行ったときには夫が亡くなっており、われわれに「淋しい淋しい」と言っていた。

平成二（一九九〇）年四月のときには、そのハル子さんも故人となっていた。

糧は敵に

日本軍には「糧《かて》は敵に求めよ」という教えがある。その当時、敵から盗んだり奪ったりすることは正義であった。われわれには、米軍の物資を窃取することにたいする罪悪感はまったくなかった。むしろ、英雄的行為として賞賛されるべきものであった。

島の生活が長くなるにしたがって「物資調達の技術」は熟練し、やりかたも大胆になっていった。戦友の中で一番の荒武者は浜田であった。彼は米軍の飛行場をトカゲのように這い、滑走路のすみにある居住幕舎に忍び込んだ。そしてトランプ遊びに夢中になっている米兵に銃口をむけたまま忍び込み、中にあったトランクを静かにひきずって外に持ち出した。米兵には気づかれなかったという。

「土田、かっぱらって来たぞ。親方日の丸だい。泥棒して国のためになるんだから、こんなうまい商売は他にないな、ハハハハ……」

と鼻高々である。

「いいから開けてみろ、はやく」

とわたしが催促する。

中には針、現金、ポマード、靴、櫛、ライターなど、身のまわり品がたくさん入っていた。みんな大喜びだった。

全員でワイワイ言いながら、一つ一つ取り出して品定めしていると、中から彼女や家族の写真が出てきた。それを見て壕内が急に静かになった。

と、塚本がすっくと立って、米兵の靴をはき、ポマードをつけて歩きまわる。

「内地帰還用だな。この靴は」

とおどけて笑う。

「みな帰れたら遊びに来いよ。俺は山口県の岩国市だ。錦帯橋という珍しい橋があるし、海では魚もたくさん獲れるぞ」

と言う。

誰もが内地には帰れないと思っていた。この島で死ぬ。それは避けられない運命だと思っていた。

しかし、落ちこんでも状況は変わらない。どうせなら明るく生きたほうがいい。塚本はそう思い、みんなのコチコチした気分を和らげようとしてくれているのである。その気持ちがわたしにはよくわかった。

生きるか死ぬか、食えるか飢えるか、という時期には考えもしなかったが、住む場所があり、メシの心配がなくなると、しきりに故郷のことが思い出される。食料かつぎや将棋をやっているときは夢中だから忘れているが、ぼんやりしているときは、

「いまごろ内地はどうなっているだろうか」

と必ず誰かがもらす。日本を思う気持ちはみな同じなのである。

生き残った者の出身地は、沖縄、北海道、名古屋、茨城、大阪、九州とバラバラである。お国なまりも違う。風習も違う。みな頭の中では、それぞれの故郷の好物を思い浮かべ、家族とたらふく食べている夢を見ていた。

島の生活あれこれ

米軍の缶詰は肉ばかりであった。野菜がやたらと欲しくなる。そこでゆうがおの葉を摘み、鉄兜にいれて塩でもみ、オシンコのかわりにした。塩は錠剤だった。

米は豊富にあった。これは偶然見つけた。仲間の誰かが、

「そういえば、戦闘中、陸軍が大量の米を隠していた」

と思い出した。さっそく連れだって行ってみた。付近を探したがなにもない。遠くにパパイヤがなっている。わたしはあれでも採って行こうと一人でパパイヤのところに行った。しかしまだ青い。

「このパパイヤはもちっとせんと食えんな」

ふと見ると、パパイヤのむこうにちらりと米俵が見えた。びっくりして戦友を呼んだ。積まれた米俵の高さは三メートルに達する。膨大な量である。

開けてみると雨露で腐り異臭をはなっている。とても食えそうにない。みながっくりした。しかし、あきらめきれない。いちおう掘ってみることにした。すると、腐っていたのは外側だけで、中からざくざくとピカピカの米が出てくるではないか。

一同、大はしゃぎであった。それをぜんぶ水缶に入れて持って帰った。


髪は戦友に切ってもらった。鷺谷が元床屋だった。みな坊主である。最初はゴボウ剣で刈ってもらっていたが、どうにも切れが悪い。そこで新しいカミソリを発見した。珊瑚をパアンと割った破片が、じつによく剃れるのである。

さっそくそれを使って頭を剃ってもらった。ところがあまりに切れがよくて、手元がくるい、耳をざっくり切られてしまった。

米軍から盗んだ食料の中に、蠟がついた包み紙があった。その紙がランプにちょうどよかった。数は多くない。

「ガソリンを燃料にして、ランプを作ったらどうじゃろか」

とわたしは提案した。

さっそくやってみることにした。ガソリンは米軍のタンクから定期的に盗んできていたので豊富にある。火おこしは、薬瓶に芯を通して手回し発信器で発火させる。マッチも持っていた。

　ガソリンを皿に入れて針金に糸をまき、芯を出して火をつけた。すると、ランプのように燃えた。しかし油煙がひどい。壕内にたちまち煙が充満した。

「おい土田、炎が大きい」

「ああ、すみません」

と芯の大きさをあれこれ工夫したが、なかなかうまくゆかない。

結局、ガソリンランプを使うときは、なるべく通気のよいところで使うことになった。

スプリングで日本刀も作った。金属加工はわたしがもっとも得意とするところだった。

スプリングを金切りノコで切る。わたしは「焼入れ」を知っていた。できた鉄の板を火で焼いて水にジュッとつっこむと刀の形になる。それを石でといで仕上げる。戦友たちから頼まれて何本も作った。

　天井につるしたトタン板の上で、野ねずみが横行して困った。そこでねずみとりを発案する。ポークローフの缶詰がちょうどよかった。缶は十センチ幅で長さが四十センチある。その缶の両方のふたを切る。切り取ったふたを利用し、針金で可動式のふたを作り、いったん入ると外に出られない仕組みにする。

　餌はパンのカスやビスケットである。それをしかけるといくらでもとれた。

　ねずみたちはいったいどこから来るのだろうか。かかか、という音が入った合図である。捕まえると透明のビニール袋に入れ、首をきゅっとしめて殺す。一時間に十匹から十五匹はとれた。

このねずみを料理して食ってみようということになった。小林、千葉兵長が料理を担当した。皮をはぎ、内臓をとり、フライパンで焼いた。こんがり焼けた。いい匂いがする。塩をふっておそるおそる食った。

「美味しい。まるで小鳥のモモを食っているようだ」

と大好評である。千葉兵長にいたってはネズミの頭までガリガリ食った。

「うめえ。こたえられねえや。みなも食ってみろや」

「………」

千葉兵長のほか、誰一人ネズミの頭を食べる者はいなかった。

飲料水はやはり天水がうまい。そこで洞窟の天井にトタンをはり、穴の入口から入ってくる真水を受けてタンクに集めた。これがうまくゆき、スコールがあるたびにタンクがいっぱいになった。その水を、

「やはり天水は味がいい。うまい」と飲んでいた。

しばらくするとトタンがさびて穴があいた。雨もりがひどくなったのでトタン板をはがして修理をしようとした。すると、トタン板の上にはネズミの糞が山積みになっているではないか。われわれはその水をうまいうまいと飲んでいたのである。よくもまあ病気にならなかったものである。

うれしい珍客が来たときもあった。

夜寝ていると、コトコトと音がする。灯をともしてみると、大きな椰子蟹が缶詰の空き缶をハサミでつついている。さっそく剣で一刺しにして捕まえる。その夜は最高のご馳走となった。ジャンケンをして大きいものを取り合い、大騒ぎしながら食べた。

煙草が切れたときは吸いがらを道路に拾いに行く。月夜の明るいときが拾いやすかった。道路のわきは車に轢かれた赤蟹の死骸がいたるところにあった。そこで米兵が捨てた煙草の吸いがらを探すのだが、探してみると蟹の足と煙草の見分けがむつかしい。一本見つけるのに大変苦労した記憶がある。

たまに吸い口が真っ赤に染まった吸いがらがあった。女性が吸った煙草である。これが大人気であった。口紅がついた吸いがらは、どんなに短いものでも、長い吸いがら二本と交換できた。紅つきを手に入れた者は、「ああ、うまいなあ」などと言って吸っていた。

発砲

昭和二十二（一九四七）年三月。

終戦から一年半以上が経った。むろん、われわれはそのことを知らない。

午後九時ごろであった。

「オーイ」

塚本が息をはずませて走ってきた。

「千葉兵長が敵につかまった。早く早く」

それは一大事、とわれわれは、小銃、カービン銃、拳銃等を持って飛んだ。

百メートル先の道路上に、黒いかたまりがかすかに見えた。近づくと人がもみあっている。

「頭上を撃て」

の号令がかかった。

全員立ち止まり、片膝をついて銃をかまえ、一斉射撃をした。威嚇射撃である。人影がびっくりして逃げていった。こちらにむかって走ってくるのは千葉兵長である。

われわれのところに着いたとたん、ばったりと倒れた。壕までかつぎ傷を見る。顔がぼこぼこにはれている。蹴られたり踏みつけられたりしたのだろう。傷は深かったが、命に別状はない。

千葉兵長が「水をくれ」とつぶやく。

しかし、ここで水を飲ませたら心臓マヒを起こしかねない。誰かが布に水をふくませて口にあてた。

塚本と千葉兵長は、パパイヤを採りに行った。そして、兵長が木に登り塚本が下で落ちてくるパパイヤを受け取ろうと待っていた。そこをとつぜん三人の男に襲われたらしい。

塚本はとっさに逃げ、急を知らせに来た。千葉兵長と三人は格闘となった。男たちの体格はりゅうりりゅうとしていた。かなわないと思った千葉兵長が短剣をぬき、振りまわした。男たちはそれをかわし、頭を蹴り、押さえつけた。そのとき男たちが日本語で、

「おとなしくしろ。日本に帰れ。戦争は終わってる。日本は負けた」

と叫んだという。

この三人は米兵ではなく、島民であった。もともと島の人間だったが、戦争が始まったときに東京に疎開し、終戦により戻ってきた者たちである。

戦時中、日本の教育を受けたため日本語ができる。知性もあり、性格も聡明な若者たちだった。

われわれの帰順後、この青年たちが千葉兵長に会いに来た。そして、

「はやく助けてやろうとがんばったが、暴れたのでどうしようもなかった」

と言う。三人のうち一人は、柔道初段、剣道二段の猛者だという。千葉兵長はその青年の肩をたたき、

「こんな武道家に勝てるわけないよなあ」

と笑った。そのあと二人は笑顔でかたく握手した。

第五章　帰順までの記録（昭和二十二年三月～五月）

澄川少将

パラオ本島（バベルダオブ島）やコロール島で敗戦をむかえた日本兵は、昭和二十年十月から二十一年三月までに、日本に帰っている。

すでにアメリカと日本は、友好関係にあり、ともに発展してゆこうとしていた。

そういった情勢のなかで「千葉兵長のパパイヤ発砲事件」が起きた。

ペリリュー島に米軍の戦闘部隊はいない。いるのは基地の保安員とその家族だけであった。その島に兵器を持った日本兵が数十人もいることがわかった。彼らの戦争は終わっていない。戦闘状態にある日本兵が、米兵や島民に発砲する可能性はきわめて高い。

すでに終戦になって久しい。いまにいたって犠牲者が出たら大変なことになる。はやく解決しなければならない。しかし、掃討戦をおこなえば米兵の死傷も覚悟しなければならない。できることなら平和解決をしたい。

そこで米軍は、一人の日本人を起用した。第四艦隊参謀長であった澄川道男海軍少将である。

当時、澄川少将はトラック諸島から引き揚げる途中、戦犯裁判の証人としてグアム島のウィットネス・キャンプ（証人キャンプ）に抑留されていた。

そこに米軍の将校が来て、

「ペリリュー島にホールド・アウトが五十人ほどいて、米軍や島民とトラブルを起こして困っている。あなたがペリリュー島に行って降伏を勧告してくれないか」

と言った。ホールド・アウトとは、「無法者の兵隊」という意味である。澄川少将がアドミラル（将官）だから、行って説得すれば言うことを聞くだろうということであった。

澄川少将は、

「兵隊たちの説得に成功したら、自分を戦犯裁判にかけない約束をせよ」

という条件を出した。

米軍はこの条件をのんだ。

澄川少将はさっそくペリリュー島に行った。

救出にあたって、現地で、パラオ地区司令官フォックス大佐、海兵隊のゴッドール憲兵隊長、ペリリュー島のオブクルソン村長、通訳の日系二世ジョージ熊井らと話しあった。

呼びかけは携帯用の小型マイクで澄川少将がおこなった。

しかし、どこにいるのか見当もつかない。残っている兵隊が海軍なのか陸軍なのかもわからない。小さい島であったが、とても発見できるような状態ではなかった。

とりあえず、戦争が終わったことを伝えるためにメガホンで叫んでまわった。しかしまったく反応がない。

仕方なく、島民から聞いた「日本兵の通り道」にあるパパイヤの木や雑木に、米軍司令官が作成した「日本人へ」と、澄川少将が書いた「ペリリュー島の日本人諸君へ」と題した手紙を結んだ。澄川少将の手紙はペン書きで平易な文体のものだった。日付は、昭和二十二年三月二十三日であった。

この一回目の捜索は五、六日つづけたが手がかりはなく、米軍の要請でいったんグアムに帰った。

A

われわれは、手紙が木に吊してあるのは知っていたが、誰も見ようとはしなかった。おびきだして捕まえようとする米軍のワナだと思っていた。しかし、ただ一人、

「終戦になったのではないか」

と疑う者がいた。

Aであった。Aはこっそり、木に吊された書類を持ち帰った。

わたしはそのとき一人で工兵隊壕にいた。そこにAが一人で入ってきた。なにかいつもと違う雰囲気をただよわせている。

Ａは静かな口調で、

「オイ、土田。これを見てみろ」

と日本語の手紙をわたしに見せた。

「日本は降伏したと書かれている。これは本当だ。戦争は終わっている手紙には、終戦になったこと、日本が無条件降伏したことなどが書かれ、「はやく出てきて日本へ帰れ。殺しはせぬ。生命の保証は絶対に守る」とある。そして最後に、「元第四艦隊参謀長澄川道男海軍少将」と記されている。

　わたしはじっとその文章に見入った。Ａが何をしに来たのかわかった。投降しようとしているのである。

「土田、みな、なんやかんや言うけれど、きっと戦争は終わっている。俺が出ていって真相を確かめてくる。もし本当だったら、米軍と一緒にここに来る。俺が帰ってきたときは終戦が本当だった証拠だ。呼びかけたとき『これは間違いない。みんな出ようじゃないか』と説得してくれ。そうすれば内地へ帰れるかもしれん。米軍にだまされたときには帰ってこない。自決したと思ってくれ」

「なんやかんや」とは、現在が戦争中であることを前提とした、「日本が負けるわけがない。いまに連合艦隊が反撃してくる」といった話である。

　わたしもそれを信じていたが、百パーセントではなかった。

　米軍がこの島を出ていってからもう二年になる。その間、日本の飛行機も船もまったく見ない。「あまりにも静かすぎる」と、ふと思うときがあった。

わたしはこれまで見張り兵として空や海を見てきた。戦闘中のときは、そこに敵がいなくても空や海に言いようのない緊張感があった。しかし、いまはそれをまったく感じない。

「日本は負けたんじゃなかろうか」

という思いがときどき頭に浮かんでいた。しかし、そんなことは口がさけても言えない。言えば、戦友から袋だたきにされ、場合によっては殺される。

わたしはAの「確かめてくる」という言葉で希望がわいた。もし、本当だったら内地に帰れるかもしれないのである。

「ハイ、わかりました」とわたしは答えた。

「ヨシ。一人味方ができた。たのむぞ、土田」

Aは喜んだ。

わたしは、この計画を森島と相川二曹にそっと伝えた。みなを説得するときに仲間が多いほうがうまくゆくと思ったのである。二人もこの計画を喜んだ。

ところが、この動きがもれた。ひそかに他の中隊に広がっていた。このことをわたしはまったく気づかなかった。

それから、二、三日後のこと。

夜、岩の上に二本、棒を載せ、数人でその上に腰をおろして涼んでいた。この場所は憩いの場であり、各中隊が集まる情報交換の場でもあった。

気持ちのよい夜だった。吹く風が汗ばんだ肌をすずしくなでる。空にはぽっかり月が出ている。わたしは、煙草をふかしながら夜空にかがやく月をぼんやり見ていた。

正面がA、横が森島、Aの横に相川二曹がいた。偶然だったが、終戦を確認しようとする「秘密メンバー」であった。そこに、他の壕からD准尉が来た。一緒に来たF一等兵が銃を持ってきた。その銃を近くの木に立てかけた。

わたしがなにげに銃に触れようとすると、F一等兵が、

「土田さん、あぶないですよ。弾が装塡してあるから」

と言った。銃に実弾をこめるのは食料かつぎなど危険な仕事をするときである。たんに休憩するだけなら装塡する必要はない。わたしは不思議に思い、

「いまから食料かつぎに行くのか」

と聞くと、F一等兵はだまっていた。

このとき、近くにいた海軍の兵たち二、三人が、静かに道路のほうに歩いていった。

Aとわたしは無駄話をしていた。とりとめもない話だった。湿地に面した工兵隊の壕がすぐ近くにある。このあと眠くなったら壕に入って寝る。腹がすいたら缶詰を開けて食べる。いつもと変わらない静かな夜だった。

バーン

そのとき、突然、耳元で銃声がした。

わたしはなにがなんだかわからないまま、その場に伏せた。敵が襲ってきたか、あるいは銃の暴発か。

「つちだああ、わかったかああ」

わけもわからず地面に這いつくばるわたしに怒声があびせられた。

米軍に帰順しようとするAをD准尉がうしろから撃ったのである。わたしは跳ねあがるように立ち上がり、直立不動になって、

「はい、わかりました」

と答えた。

二十センチうしろから頭を射貫かれたAは、頭をまえに垂れてズサッとくずれおちた。即死だった。

横たわる死体を見ながら、D准尉は自分に言い聞かせるように、

「みなを救うためにはしかたがない」とつぶやいた。

敵に投降するのは大罪である。しかも捕虜になれば全員の潜伏場所がわかり、皆殺しにされる。部隊を守るために、「二人とも殺さざるを得ない」という話になったという。

このことはずっと後で聞いた。しかし、

「悪いのはAである。土田は同調しただけだ。土田まで殺すことはないだろう」

と言ってくれた人がいた。そして、Aだけが殺された。

撃ったD准尉は部隊を守るために仕方なくやったことだと思っているようだ。戦争が終わっているなどとは微塵も考えていない。

わたしは、「Aがわたしの身代わりになってくれた」と、そのとき思った。いまでも、この気持ちは変わらない。

見張りに行った三名が戻ってきた。その三人にD准尉が、

「早く首を絞めろ。血が出る。湿地の水を鉄兜で汲んで地面の血を流せ」

と指示した。用意していたのだろう、どこからか電線を持ってきて三人がかりでAの首を絞めた。こうすると頭から噴き出る血がとまる。米軍に発見されないための措置であった。

わたしの目の前で地獄絵図がくりひろげられている。わたしはこれが現実のこととは思えず、立ち尽くしたままぼんやりとながめていた。

二本棒で担架を作り、四人で運ぶ。途中、一人が涙声で叫ぶ。

「A、許して下さい。もし投降したことが親にでも知られたらどうなるんですか。どんなに家族が悲しむことか。許して下さい。許して下さい」

そのときの声がいまでも耳に残っている。

わたしはAを殺したグループを憎んだ。

殺す必要はないではないか。止めればいいだけの話ではないか。平和なこの孤島で。こんなに静かな島で。なぜ、いま、日本人が日本人を殺さなければならないのか。

このあと、わたしの気持ちは沈み、ふさぎこんだ。そしてしばらくたったある日、このグ

ループがお酒のかわりにメチルアルコールを飲んだ。おそらく米軍から盗んだ工業用のメチルアルコールだったのだろう。飲んだあと中毒を起こし、五人は死んだ。

われわれ工兵隊壕では、「罰があたったのだ」と噂した。

敵の捕虜になることは犯罪であった。まして、自ら捕虜になったことがわかれば、かりに日本に生きて帰っても、軍法会議にかけられて死刑になる。旗を振られて故郷を出てきた者が犯罪人となって裁かれる。親兄弟もつらい思いをする。それだけはできない。

これが、戦時中の日本兵が持っていた共通の価値観であった。

終戦によりその「価値観」は消滅した。しかし、孤島にいる日本兵たちはいまだにその「価値観」を信じ、かたくなに守っていた。

Aの死体は工兵隊の壕の近くに埋めた。

昭和五十年四月、Aの遺骨は、厚生省の三回目の遺骨収集のときに発見した。

全員で必死で探し、ようやく見つけた。首を絞めた電線は古ぼけて傷み、死体を巻いたシートは土にかえる一歩手前だった。

最初に発見した者が、

「自分たちばかり帰って、助けようとした人が骨になってしまった。なんとしてでもAの骨は内地に帰したかった」

としみじみと言う。わたしも泣いた。

「A。われわれが帰還できたのはあなたのおかげです」

その場の石に頭をすりつけて冥福を祈った。

決心

昭和二十二年四月二日。夕方。

工兵隊壕の斉藤上等兵が空き缶を袋に詰め、捨てるために壕を出た。そこを島民に発見された。斉藤上等兵はあわてて隠れたが、その島民が、

「日本の兵隊さん、日本の兵隊さん。偉い人がむかえに来ていますよ。はやく出てきて日本に帰って下さい。日本は負けましたよ」

と叫び、物を投げた。

それは澄川少将から、「もし日本の兵隊を見たら、この手紙と煙草を渡してくれ」と頼まれていたものだった。

仰天した斉藤上等兵は、仲間のいる工兵隊壕に逃げ帰った。

伝令が走った。わたしはそのとき、工兵隊の壕から二十メートル離れた海軍壕に泊まりに行っていた。

起きてすぐ塚本と将棋をやっていたところ、カチカチカチと石でたたく音がした。海軍の兵が顔を出すと、横田が、

「おい海軍。敵から発見されたから急いで出ろ」

と言う。

寝耳に水であった。とりあえず将棋を持って壕を出た。待っていた横田が小声で、

「はやくここから離れるのだ。壕がある場所を発見されたから、まもなく米軍の部隊が掃討に来る。その前に逃げろ」

と言う。

われわれの壕の中には食料が備蓄されている。棚を作って日常品をならべ、生活しやすいように様々な工夫もしてある。その住みなれた家を離れ、また一から家探しをしなければならないとなると、これほど辛いことはなかった。

工兵隊組と海軍は、五、六中隊（本部壕）の壕にやっかいになることになった。あたりを警戒しながら、ボサのなかを低い姿勢で進んだ。海岸を上って草むらに入った。敵はいないか、と、周囲を五、六分ほどうかがった。

みなシュンとなって元気がない。

「こんな生活いやだなあ」

とわたしが思わず本音をもらした。死んだAの顔がしきりに浮かぶ。

われわれは地面を這うようにして五、六中隊の壕まで行き、中に入った。

工兵隊と海軍で十五人になる。本部壕とはいえ、それだけの人数を受け入れるスペースはない。

これから寝るところはどうするのか。食い物はどうするのか。これからさき一体どうなる

のだろうか。みな座り込んでいる。誰も口を開かない。壕内は静かだった。

このままだと生存兵は全滅する。せっかく苦労して生きのびてきたのに。

事実を知らないまま死ぬのは耐えられない。ウソか本当か確かめるほかない。

自分が外に出てみよう。終戦がウソならそこで死ねばいい。どうせ殺されるだろう。

(しかし……)と一点を見つめて考えつづけた。

(もし、終戦が本当であれば、生きたい)

強い思いがつきあげてきた。

Aの顔が何度も浮かぶ。

(やろう!)

このとき、わたしの覚悟は決まった。

ほかに誰か出る者はいないだろうか。

まわりにいる者を見る。しんみりとして異様な顔つきをしている。いや、やめよう。もらせばAのようになる。やはり一人でやろう。

ふいに上間二等兵が、

「敵が包みのような物を放り投げてゆきましたよ。かいでみたら煙草の匂いがしました」

と、思い出したように言った。

別の壕の者も集まり協議した結果、その荷物を拾ってくることになった。

三人が銃を持って壕を出た。

しばらくして帰ってきた。一人が包みを持っている。米兵の姿はなく、地面においてあったという。さっそく全員の前で荷物を開いた。

十本入りの煙草が五箱入っている。

書類が開封された。澄川少将の「再度ペリリュー島残存軍将兵ニ告グ」と題された三月三十一日付の手紙が入っていた。

「ペリリュー島生存者諸君に告ぐ。今日まで頑張ってご苦労だった」から始まり、日本の無条件降伏、陛下の安泰、マッカーサーの日本統治のことが書かれている。日本は、広島・長崎の原爆投下によりやむなく降伏したともある。親兄弟が一日も早く帰って来ることを望んでいる。生命を保証すること。病気を治療すること。そのほか、日本の現在の状況もこまかく書かれていた。

そして最後に、

――元海軍第四艦隊参謀長澄川道男少将。

と記されていた。

しかし、誰も信用しない。

「だまされるな。偽物だ」

「澄川なる者は、米軍のスパイだ」

「日本が降伏などするはずがない」

などと口々に言う。わたしは笑いながら、冗談めかして、

「ひょっとして戦争は終わっているかもしれんよ。わたしに確かめに行ってみろと命令されたら、行ってみるがなあ」

と言ってみた。

壕内には山口少尉がいた。

「少尉が行けというのなら行きます」

と、わたしは言った。顔は笑っていたが真剣そのものだった。

みながどういう反応をしめすかドキドキだった。投降すると思われたら殺される。いまや味方は米軍よりも怖い存在だった。言いたいことが言えない苦しさ。

Aのことがあってから、戦友のあいだではお互いの腹をさぐりあうような雰囲気があった。わたしの発言は黙殺された。その後、話しあった結果、

「このまま五、六中隊に住み、しばらく状況を見る」ということになった。

わたしにとって、最悪の結論であった。

食料は十分にある。二ヵ月は飢えることはない。不足したのは燃料であった。大所帯が暮らすには調理用の燃料が必要である。そこでガソリンを取りに行くことになった。灯りと料理用の燃料が豊富にあれば、当分は外に出なくても生活できる。

一同がガソリンを取りに出た。壕の中に、足を負傷している片岡兵長が一人残ることになった。

「隊長殿、負傷者がいますので、わたしは壕に残ります」

と山口少尉に言った。

「いいだろう」と少尉はうなずいた。

「決行できる」と内心喜んだ。

全員が壕内にひきこもると外に出られなくなる。敵中に身を投ずるならいましかない。おそらく、最後のチャンスだろう。

片岡兵長がランプをいじっている。

「兵長、紙となにか書くものはないですか」

「これでいいか」

青鉛筆と紙切れを出した。

気づかれないように置き手紙を書く。

彼らの頭の中では、いまもパラオ本島に集団司令部がある。

わたしは手紙に、

「島伝いにパラオ本島へ泳いで行き、現況を見て帰ってくる」

と書いた。この手紙は、いまでも自宅に保存している。

パラオに行くと書いたのは、考えた末の「作戦」だった。島内の米軍に投降したと思われると、戦友たちが「壕の場所をばらされる」とおそれ、島のあちこちにちらばってしまう。そうなると、もし終戦が本当だったときに探しようがない。

そこで「パラオ本島に行く。帰るまで待っててくれ」と書いた。

それがどれくらい効果があったのかはわからないが、その後も部隊はその場所で潜伏をつづけたことからみて、作戦は成功したように思う。

脱壕

手紙は、すぐに発見されるように入口のふたの石の上においた。そして小銃を持ち、スキをみて一気にジャングルの中を走った。

このときが怖かった。いまにもうしろから追ってきて発砲してくるような恐怖を感じた。

(俺は持久作戦部隊をいま脱走した)

脱走罪はもっとも重い罪である。体中から汗が吹き出る。

水場までたどり着いた。溜まり水をがぶ飲みした。ふうっと一息つく。

(いや、違う。脱走したのではない。確かめに行くのだ、戦友たちのために行くのだ)

と、自分に言い聞かせる。

しかし、自分ではそう思っても、戦友たちは脱走したとしか見ないだろう。

そう思うと、気持ちが暗く、深く、沈む。

もし、終戦の情報がウソだとしたら……。そうだとしたら、自分はおそろしい罪を犯したことになる。わたしは銃殺になり、内地の親兄弟も不幸のどん底に突き落とされる。

ぞっと鳥肌がたった。

（いや、違う）

頭を振ってうち消した。

（戦争は終わっている。間違いない。絶対だ）

（しかし……。本当にそうだろうか……）

目まぐるしく自問自答がつづく。

「ええい、もうどうにでもなれじゃ」

わたしは開き直った。


立ち上がり、走って浜街道に出た。煙草の吸いがらを一本拾った。それにマッチで火をつける。

「敵なんか、怖いもんか」

堂々と歩いて道路を横断した。草むらに入って座り込んだ。

美しい月が出ていた。一人で月を見ながら煙草をふかす。どんな方法をとったらよいか。

「そうじゃ。島民の家に行き、銃をつきつけて真相を確かめよう」

銃を携えて北へ進むこと三百メートル。道路からすこし山側に入った草地に十戸前後のバラックが建っていた。

低い姿勢のまま、銃口を正面にむけて家の前まで来る。玄関を開けて中を探す。誰もいない。つぎつぎと家を捜索したが、人っ子一人いない。

「オーイ、誰かいないか」

大きな声で叫んでみた。なんの応答もない。この敗残兵さわぎで避難したようだ。しかたなく集落を出て、ふたたび道路に出た。

「よし、こうなったらジープを止めよう」

米兵に捕まれば、戦争中か終わっているかすぐにわかる。ジープはひんぱんに通る。改造銃、その他の武器を道路脇に並べた。

北のほうにライトが見えた。来た。白黒決着をつけてやる。

「丁か半かじゃ」

わたしは飛び出すタイミングをボサの中ではかった。しかし、いざとなると体が動かない。ジープが通りすぎる。

「俺はなんて度胸のない奴だろう」

二度目のライトが見えた。よし、こんどこそ。運を天にまかせる。目をつぶってサッと道路にでた。

「ストップ、ストップ」

大きく両手を上げた。ジープはわたしの脇を通りすぎた。

ギギギ
うしろで止まった。振り返るのは危険だ。ジープはバックしながら近づいてくる。

米兵がライトでわたしを照らす。ドアが開く音がした。数人の足音がする。自動小銃を持った四人の米兵であった。

「撃つか？」

四人がわたしを囲む。わたしのポケットを探り、なにも持っていないことを確認した。

米兵が手をおろしてよいと合図した。一人の米兵に道路脇においている武器を指さした。

電灯で照らして見ている。

ピーと口笛を鳴らした。改造したカービン銃を見てびっくりしているのである。銃は、わたしでも扱いやすいように、銃身を十五センチに切断し、にぎる部分も短くしていた。アメリカ製の銃を器用に改造しているのを見て感心しているのである。

促されてジープに乗った。

ジープは速度をあげ道路を突っ走る。

道路脇の草むらにガソリン置き場がある。いまごろ戦友がガソリンを取っているはずだ。米兵に見られたら大変だ。わたしは米兵たちの注意をそらそうと、「スピード、スピード」とハンドルを握るしぐさをしながら大声を出した。知っている数少ない英語の単語が「スピード」だったのである。

米軍基地

着いた場所は元海軍司令総本部だった。米軍はここに捜索隊の司令部をおいていた。

まもなく当直将校らしき人が目をこすりこすり出てきた。そしてわたしを見て一声叫んだ。

た。

わたしは肩を押されて建物の中に入った。部屋に入ると靴を脱がされ、バンドもはずされた。

部屋には金網で間仕切りがしてある。むこうには机がおいてあり、二、三人の米兵が当直をしていた。捕虜の扱いであった。

「やはりだまされたか」

出てきたことを後悔した。心配そうにしているわたしを見て若い兵隊が微笑しながら、

「歳いくつ。十九、二十」と聞く。日本語がすこしできるようだ。

「二十七歳」と答えると、

「二十歳くらいにしか見えない」

と、驚いたように言う。

「ここペリリュー。ここジャパニーズ東京」

紙上にペリリュー島と東京を書いて線で結び、手を水平にして波の揺れる格好をし、

「無事に東京へ帰れる。安心しろ」

というジェスチャーをしながらにっこり笑ってくれた。さらに、

「わたし、大阪で船仕事した。仕事たくさん。飯少し」

という。ウェーク島で捕虜になり、大阪で造船所の仕事に従事させられたらしい。

煙草に火をつけてわたしに与えた。捕虜の気持ちを知っているのだろう。好青年であった。

このとき、ガソリンを取って壕に帰った連中は大騒ぎをしていたそうだ。わたしの手紙はすぐに見つけられた。

「土田の馬鹿野郎が脱走した。見つけしだい射殺せよ」

という命令が出され、全員であちこちを必死に探したという。

澄川少将

四十分を過ぎたころ、日系二世の人が金網のむこうの部屋に入ってきて、

「わたしは通訳の熊井二曹です。あなた一人ですか、出てこられたのは。ほかの人はどうして出てこないのですか」

と聞いた。わたしは、

「なにを言ってるんですか。みな終戦を信じていないからですよ。わたしは確認するために脱走してきたんです」

と答えた。

「そうですか。今、参謀長が来ておられます。案内します」

わたしは部屋を出て兵舎に入った。

三、四人の軍人がいる。その中に白髪の紳士がいた。

「澄川参謀長です」

熊井通訳が紹介した。わたしはちょっとだけ頭を下げた。その紳士がわたしに問う。

「名前は」

「土田といいます」

「海軍か」

「海軍です」

「階級は」

「上等兵です」

「俺は澄川海軍少将だ」

わたしは少将と名乗る男をジッと見た。本物だろうか。髪がまっ白である。顔の彫りも深い。日系の米軍将校に見えてしかたがない。

(やはりだまされたのでは)

しかし、日系にしては日本語が流暢である。なにを信じればよいのかわからない。頭が混乱する。わたしは、

「あなたは本当に日本人ですか」

と尋ねた。少将は笑いながら、

「俺は間違いなく元第四艦隊参謀長澄川道男だ」

山口県出身だと言いながら、

「この写真を見ろ」

わたしに見せた写真は、トラック諸島で作戦を練っている本人の姿である。制服に金房がついている。

「これも俺だ。この本を見ろ」

本には、サイパン・パラオから内地へ引き揚げている船上の写真があり、そこに少将が載っていた。ページをめくると、陛下の写真、それに東條英機が米軍医の診察を受けている写真などが載っていた。

しかし、わたしは洞窟にいるときから、こういった本はゴミ捨て場で拾って見ていた。そして、写真は偽造であり、われわれをだますワナだと信じていた。

わたしが、本は拾って見ていた、と言うと、

「それでも信用しなかったのか」

と驚いた表情を浮かべた。

「写真を見せてもらっても信用できません。証拠がないかぎり、終戦は信じられません」

とわたしは言った。

そして、戦争が終わっていることがはっきりしないかぎり、戦友の居場所は教えられないし、説得にも協力できない、と言った。

米軍の将校が通訳を通して参謀長と話している。

「よし。アンガウル島へ行け。日本人とアメリカ人が一緒になって燐鉱石を採取している」

日本はいま肥料不足だそうだ。貴重な肥料となる燐鉱石をアンガウル島から日本へ運んで

いるという。

アンガウル島

アンガウル島は、後藤少佐以下二千六百名が二週間あまりの激闘のすえ、玉砕した島である。

「その島の日本人と接し、話を聞けばわかるはずだ」

と澄川少将は言った。

翌日の早朝。米軍飛行士が操縦する戦闘機に同乗し、四キロ先にあるアンガウル島へ飛んだ。島では高島という日本人を紹介された。この作業現場の責任者だと名刺に書いてある。

高島さんは怪訝そうな顔で、

「用件はなんですか」

と聞いた。

「わたしは土田といいます。海軍上等兵です。日本は本当に戦争に負けましたか。戦争は終わりましたか」

高島さんは、

「一体、なんのことですか」

とキョトンとしている。

わたしはペリリュー島を指さしながら、

「あの島では、終戦を知らず、いまだに三十三名が祖国のために抗戦をつづけています」

と言うと、高島さんはびっくりして、

「とても信じられない。日本は昭和二十年八月十五日に無条件降伏しました」

と話してくれた。一人ではと他の日本人にも話を聞いた。やはり同じことを言う。

「間違いない。戦争は終わっている」

わたしはうれしくて涙が出そうになった。やはりAが言っていたとおりだったのだ。

「納得されたでしょう」

同行した通訳が言った。わたしは決定的な証拠を得て、終戦を確認した。

となるといますぐにでも内地へ帰りたくなった。しかし、わたしには重大な任務がある。どうやって戦友たちを説得するか。そのことを考えていた。

「オーイ、ちょっと待て」

出航したばかりの五千トン級の貨物船を高島さんが緊急停船させた。

わたしはその船に乗り込んでいき、船員に、

「わたしは土田喜代一といいます。帰郷されたら、家族へわたしが生きていることを伝えて下さい。住所はこれです。お願いします」

と頼んだ。

あとで知ったことだが、この伝言が家族に届く前に、わたしのことがニュースで流れてい

たという。

「ペリリュー島で敗残兵一人が投降した」

という見出しで、土田上等兵は澄川少将と会い、原子爆弾のことを聞きびっくりしたなどと毎日新聞に出たらしい。

わたしの父親は、

「俺の息子じゃなかろうか。いや、きっと息子に違いない」

と隣近所に言ってまわった。近所の人はそれを聞いて笑った。

記事には、住所も書かれていない。二十四歳とあるから年齢も違う。しかも水兵だそうだ。おまえんところの息子は機関兵じゃろが。合うとるのは「土田」という姓だけじゃ。

と言われたそうだ。みなが笑ったのも無理はない。

そのあと、わたしの伝言がとどいた。土田のおやじの直感は本当だったと、近所は大騒ぎになったそうだ。

会議

わたしはペリリュー島へ戻った。

「参謀長、お世話をかけました。信用します。間違いありません」

と言うと、一同の表情が明るくなり、大きくうなずいた。

しかし、どうすればみんなが出てくるだろうか。参謀長にはよい策がないという。

「おまえが一番戦友のことを知っているはずだから、おまえの思うようにやってくれ。みな協力する。頑張ってくれ」

と言われた。

この島に残っている三十三人は、十分な栄養と豊富な武器を持ち、部隊の規律と旺盛な士気をたもっていた。わたしが、

「日本が負けて降伏していることがわかった場合、突っこんでくる可能性もあります」

と言った。

通訳がわたしの話を訳すと、米軍の将校がゲッという顔をした。いま、日米の兵士が銃撃戦を展開するような事態になれば国際問題になる。

「日本人はなにをやらかすかわからない」

とぼやいて頭をかかえた。

わたしが出てきたことによって、武装した戦友たちの存在が明らかになった。ただちに緊急無線がグアム島に打電された。

約五百人の米兵が空輸されてきた。その夜から飛行場周辺は特別警備に変わった。家族や非戦闘員は船で沖に避難した。島が戦時中に戻った。

グアム島から急派された米海兵隊員たちは、戦争が終わって二年もたつというのに、武装した日本兵がいまだにいるということが信じられなかった。

翌朝から、米軍高官を入れての合同会議が開かれた。わたしが戦友たちの「潜み場所」を

地図で教えた。

最初の案として、まずマングローブに潜んでいる連中に呼びかけてみようということになった。マングローブには六人住んでいる。生存兵のなかで、この六人がもっとも徹底抗戦の意思が強いグループだった。この連中を引っ張り出すことができれば、

「あいつらが出ていったのであれば、終戦は本当だろう」

ということになり、あとはうまくゆくはずである。

参謀長をはじめ、作戦会議に出席した者たちの表情には、「いる場所さえわかれば、あとは簡単だ」という安易な考えがありありと浮かんでいた。しかし、わたしはそう簡単に成功するとは思えなかった。

「参謀長。マングローブの指揮官は館軍曹です。この方は軍人精神のかたまりです。ちょっとやそっとで出てくるような人ではありません」

と言った。他の者が出てゆきたいと思っても、館軍曹がいる以上、部下はどうすることもできないはずである。わたしは念を押した。

「絶対に彼らの名前を呼ばないでください。呼べば誰かが捕虜になったと思います。そうなると、彼らは自分たちの潜み場所がばれたと思ってどこかに行ってしまいます。そこんとこを頭においといてください」

参謀長は、わかった、とうなずいた。

翌朝より、マングローブにむかってマイクを使った呼びかけが始まった。刺激しないためにあえて陣地には近づかない。

参謀長、区長、通訳、グアム島より応援に来たケニー中佐も同行した。日本の敗戦、陛下の安泰、はやく出て日本に帰れとくりかえし呼びかけた。

三日つづけた。しかしまったく応答がない。

みな、「本当にいるのだろうか」と疑問を持ちはじめた。このとき、米軍の軍曹が、

「山頂に登って望遠鏡で見たところ人影が見えた」

という報告をした。

「いる。たしかにいる」

はりきった参謀長は、三日目の呼びかけに挑んだ。

しかし、なんの反応もない。ついに、参謀長がきれた。

「水戸の二連隊には、出てくる勇気のある者は一人もいないのかあ。舘軍曹どうしたあ。早く出てこおい」

と叫んだ。

「名前は呼ばないという約束だったじゃないですか」

一兵卒であるわたしがくってかかった。戦争中では考えられないことである。

「悪かった。俺も腹がたってなあ」と参謀長が謝る。

これだけ一生懸命やっているのにまったく応答がない。怒るのも無理のないことだった。

作戦を練りなおすため、四日目の呼びかけは中止した。救出部隊は完全に行きづまった。

名案

一体どうしたらよいのか。みな頭をかかえた。

参謀長がわたしに、

「なんとかいい方法を考えてくれ」

と言う。

「しかし参謀長……そう言われても、いい考えが浮かばんですよ……」

「そう言わず、なんとか考えてくれんか」

「そう言われてもですね……。どうもこうもしようがないですが……」

と、そのときひらめいた。

「参謀長。わたしは五、六人の住所と名前を知っています」

と大きな声を出した。グアム島を経由してパラオより週二回内地へ輸送機が飛んでいる。それを使うのである。

「住所氏名を日本に送って、その家族から終戦の証明になるものを持ってくれば……」

参謀長は机をたたき、

「それだあああ」

と叫んだ。さっそく住所氏名を書いた。

「貴殿の息子は生きている。終戦を信じず、いまだに抗戦をしている。終戦したという証拠物件を大至急送ってもらいたい。それを使ってこちらで説得する」

という内容であった。

米軍は即座にOKした。

計画はグアム島の米軍司令部に報告され、東京のGHQ本部に打電された。そして電報は日本の復員局を通じて、昭和二十二年四月十二日、それぞれの兵隊たちの出生地に飛んだ。

われわれは家族からの手紙を待った。

急送

内地からの郵便物を待つあいだ、することがない。ヒマなのであちこちうろうろすると、どこに行っても米兵たちが仲良くしてくれた。将校が、通訳を通じ、

「土田さん、みんながあなたをスターだと言っていますよ」

と言った。

米兵たちは、娯楽がなにもないこの島にいたくないのだ。一刻もはやくグアムの基地に帰りたいのである。それを日本兵が抵抗しているばかりにここにいなければならない。しかも戦闘になる可能性もある。

「戦争は終わった。いまになってなぜ戦闘をしなければならないのか」

米兵たちの苦境を解決することができる唯一の人間が、この小さな日本兵なのだ。この男

がうまくやってくれればグアムに帰れる。

そういう目でわたしは見られていたようだ。

わたしの不安も相当なものであった。もし失敗したら、と考える。説得が失敗し、戦闘になれば全員死ぬ。他の者が死んで、自分だけ日本に帰れるだろうか。

「失敗したらパラオ人になるしかないじゃろう」

島でお嫁さんをもらってコロール島に住もう。本気でそう思っていた。

ペリリュー島からの手紙は内地をかけめぐっていた。

山口少尉の自宅にも、森島一等兵の自宅にも、茨城県庁を通じて朗報がもたらされた。

肉親や友人たちは「生存の報」に涙を流して喜んだ。

しかし、「ここまで生きて、もし死ぬようなことがあったら……」と不安にもかられた。

そして必死の想いで手紙を書いた。

農夫の父親は何年かぶりに筆をとり、幼い弟妹たちは稚い文字で、

「日本は戦争に負けたけど、自分たちは立派に生きています」

と訴えた。

父と母は、息子が信じるようにと同級生の消息をことこまかく書き、最後に実印を押すことを忘れなかった。

ペリリュー島に残存兵がいるという急報は、旧十四師団の関係者にも伝えられた。多田督

知参謀長もその一人である。多田大佐はかつての部下のために二百字詰原稿用紙十七枚に、日本が敗れ、パラオ集団が内地に引き揚げるまでのいきさつを書いた。

さらに、一年前のパラオ引き揚げの際に現地捜索をしたことのあるハワイ生まれの浜野充理泰少尉（戦後中尉に進級）も、十四師団の高級参謀だった中川廉大佐との連名で手紙を書いた。

肉親や友人、それにかつての上官たちが精魂をこめてつづった手紙は、日本の新聞や雑誌とともに米軍機で急送され、ペリリュー島の澄川少将の手に渡された。

作戦実行

二週間がすぎたころ、待望の手紙が届いた。分厚いものだった。五名の家族の手紙と写真、厚生省からの連絡文書、前上官の命令書などが入っていた。

大隊長であった由良少佐は次のように記していた。

「山口少尉。今日までかくもよく頑張ってくれた。厚く厚く礼を述べる。日本は昭和二十年八月十五日に無条件降伏をするに至った。俺も軍人をやめて農業をやっている」

と書かれ、

「ここに命令する。武器を捨てて、ただちに米軍に投降せよ。由良少佐」

とつづいていた。

家族の手紙には、無事に帰ってほしいという悲愴な願いが書かれていた。

森島通一等兵への手紙には、

「通さんが生きていると聞きました。大変驚いています。一日も早く帰ってください。わたしの家に米軍の人がたくさんお酒を買いにきます。米軍さんとは仲よしです」

われわれは、一つ一つ手紙に目を通した。そこには肉親や知人、元上司しか知らないことが書かれていた。

これを読めばかならず信じる。

「よし、これを見せて全員を引きだそう」

みな色めきたった。

騒がしくなった部屋でわたしの気持ちは沈んだ。

うまく手紙を渡せるかどうか。戦友たちの気持ちは想像以上にかたい。そして、彼らは脱走したわたしを憎んでいる。俺たちを裏切った。俺たちをだました。俺たちを米軍に売った。見つけしだい射殺せよという命令がくだっているはずである。

「ねらわれている」

この恐怖は誰にもわからない。澄川少将は高級士官である。兵隊たちの友情が憎しみに転じたときの恐ろしさを知らない。

わたしは、彼らにとって「裏切り者の脱走兵」なのである。その怒りはすさまじいものだろう。

他の者は、救出作戦がもう成功したかのように喜んでいる。わたしの不安感を汲み取ってくれる人はいなかった。わたしは孤独感につつまれた。

本部壕には抜け道があり、岩の割れ目を進むと海岸に出られると聞いていた。もしそれが本当だとしたら、壕にむかって叫んでいるとき、うしろに忽然と戦友があらわれることもありえる。そのとき、銃口はわたしの背中にむけられるだろう。

着々と出発の準備が進められた。マイク、手紙類、食料、煙草、車の手配と、テキパキと動く。わたしはうながされてジープに乗った。気が重い。

わたしは終戦を知った。知った以上、生きて帰りたい。故郷でおいしいものをたくさん食べたい。結婚をして家族も持ちたい。

わたしが撃たれて死に、撃った戦友たちが手紙を読む。そして武器を捨てて投降し、晴れて内地に帰る。

「土田、すまなかったなあ」

と、そのときに泣かれてもおそい。死んだわたしはさぞかし無念だろう。

わたしはいますぐにでもジープを降りて逃げたい気持ちになっていた。

米兵たち一個中隊が海岸に着いた。ここから参謀長とわたしの二人だけでジャングルに入る。いきなり米兵たちが接近すると銃撃戦になる可能性があるからである。

参謀長の表情は明るい。やる気満々である。

呼びかけはわたしがやることになっていた。呼びかけたときに戦友たちがどう動くか。まったく予測がつかない。はたして信用してくれるだろうか。手紙を読ませるまでが勝負であった。

参謀長がもじもじするわたしに出発をうながす。わたしの足は進まない。樹木のあいだに銃をかまえて潜んでいるようにみえる。いつ狙撃されるかわからない。

「参謀長。恐いですね。撃ってきますよ」

米軍の大佐が、おじけづいたわたしを見て不安になったのだろう。通訳を通じて、

「命をかけてやってくれないか。成功したらマッカーサーの感状をもらってあげよう」

と言う。

「感状なんてもらってなにになりますか」

とわたしが口をとがらせると、参謀長が、

「バカッ。いまの日本に仕事はない。皆、ヤミ、ヤミ、ヤミでなんとか暮らしているんだぞ」

と言う。いま内地では職がなく、みなヤミ物資を売り買いして食いつないでいるらしい。そこにマッカーサーの感状があればいくらでも仕事に就けるそうだ。

しかし「ヤミ」と言われてもピンとこない。マッカーサーが感状をくれようがくれまいがとにかく行くことにした。行かざるをえない雰囲気であった。

「行きます」

とはっきり答えた。通訳が、

「途中で逃げだすんじゃないかと、大佐が心配していますよ」

と言う。わたしはハラをたて、

「ここで逃げだすなら、最初から出てきませんよ」

と言い返した。通訳は笑いながら大佐に伝える。大佐も笑顔で握手を求めてきた。

呼びかけ

昭和二十二年四月二十一日、午前十一時ごろ。

参謀長と二人で樹林の中に入った。わたしが先にたって道なき道を行く。明るいときに見る景色は違う場所のように見える。道に迷いそうになった。

壕の入口が見えた。入口は岩で隠されている。戦友たちは足音をキャッチしているはずだ。

「敵だ敵だ」と合図し、息を殺しているにちがいない。わたしは覚悟を決めた。

もうどうにでもなれだ。

「呼んでみます」

参謀長が黙ってうなずく。

「後方にまわって撃ってくると思います」

参謀長がギョッとした顔でうしろを振り返る。

「そこの岩陰に隠れていてください」

参謀長が黙って岩陰に身を隠した。わたしは壕の前の石の上に立った。

「山口少尉い、いますかあ」

わたしは緊張して妙にかんだかい声を出した。

「山口少尉いい。いたら返事をしてくださあい。山口少尉いいい。聞こえますかああ」

わたしは呼びつづけた。そして、日本が降伏したこと。終戦になったこと。帰るときに三百円もらえること。澄川さんという海軍少将がむかえに来ていることを必死に呼びかけた。

そのとき壕内では、

「土田が気が狂って帰ってきた」

「あの野郎、困った奴だ、この真っ昼間に大声出しやがって」

と言っていたそうだ。

戦友たちは、置き手紙を信じ、わたしがパラオ本島にむかったと思っていた。そして、島を出ようとしたが果たせず、一人で帰ってきた。そう思ったようだ。

わたしは、いつうしろから撃たれるかヒヤヒヤしていた。撃つ前に呼びかけを信じて出てきてほしい。そのことだけを願った。そして叫びつづけた。

しかし、返事は返ってこなかった。

このとき、狂った土田をどうするか、と壕内で話し合いがおこなわれていた。

すでに午後一時をこえている。午後三時までに進展がなければ、米軍が攻撃を開始することになっている。わたしは不安になった。

「ここにはいないのではないか」と思いはじめた。

「参謀長、これだけおらんでも返事がないならもういないですよ。ここには」

「…………」

参謀長は腕を組んで考え込んでいる。

「もしおらんかったら、どこを探すでしょうか。このジャングルで」

とわたしは中央山岳を見上げなら言った。そのとき、参謀長が、

「そうか……。それは困ったなあ……」

とつぶやいた。

この声が壕内にとどいた。

呼応

「あ、待て。土田一人じゃない。敵を連れてきている」

そのあとも、わたしと参謀長はごちょごちょ話をしていた。

「本当だ。誰かと一緒だ」

壕内は全員、完全武装に変わった。みな、銃を手にして耳をすました。土田が米兵を連れて掃討にきた、と思ったのである。

「もういっぺん、おらんでみろ」

参謀長がわたしの足をつついて、妙な博多弁で言う。わたしはうなずいて、

「山口少尉いい。日本は降伏しましたあ。わたしが確認しましたあ。内地から手紙も届いていまあす。返事してくださあい」

一所懸命叫んだ。

「掃討じゃないようだな」

わたしの叫んでいる内容をようやく理解してくれた。

土田が終戦を確認したと言っている。壕内の戦友たちが顔を見合わせた。

どうするか、とハラをさぐりあった。みな意見を言わない。

結論が出ないまま、長い時間が流れた。

そのとき、わたしと仲がよかった千葉兵長が、

「土田はけっして裏切るような男じゃない。あいつのことはわたしが一番よう知っとる」

と言った。そして、

「山口少尉、返事をしてみましょう」

と言ってくれた。

この一言で壕内の雰囲気が変わった。山口少尉はしばらく考え、明るい表情でうなずき、

「よし。そうしてみるか」

と言った。そして、わたしが叫んでいる途中、

「よおおおおし、わかったあああ」

という大きな返事を返した。

わたしは、力がぬけてその場に座り込んだ。

「ああ、たすかったああ」

なんとも言えない気持ちだった。あのときの声はいまでも忘れない。

「参謀長、返事がありました」

どうなることかと身を潜めていた参謀長が急に元気づき、すっくと立ち上がった。

「俺は海軍少将澄川道男だ。俺は素手だ。おまえたちが機関銃を何百梃持ってむかってきてもびくともしない」

と喋りはじめた。あっけにとられたわたしにかまわず、

「くりかえす。わたしは日本からおまえたちを迎えに来た澄川だ。日本は戦争に負けた。山口少尉、出てこい」

と叫んだ。壕は静まり返り声がない。やむなく手紙を読むことにした。

「それでは、おまえたちの家族の手紙が今朝内地から着いた。土田上等兵が、君たちの名前を教えてくれたので連絡を出し、米軍の飛行機で運んでもらったのだ。わたしが封を切って悪いが、いまから読む。聞いておれ」

参謀長は、静かに重々しく、親兄弟たちが願いをこめて書いた手紙を読みはじめた。

山口少尉の故郷の住所、両親の名前、友人たちの名前とその近況、妹のA子さんのことなど。

「写真も来ておるぞ」

壕内から返事はなかった。しかし、みんな聞いていた。澄川少将はつぎの者の家族の手紙に移った。四人目の兵隊の家族の手紙が終わった。五人目の兵隊へとつづく。

塚本が、

「間違いない。これは本物だ」

と声をもらした。参謀長はつぎからつぎへと読み上げた。そこにいることがわかれば手紙が絶対の力を発揮する。一通り読み終わった。

「オーイ、土田。二人とも中に入ってくれないか」

という塚本の声が壕内から聞こえてきた。

さすがに連中もよく考えている。敵なら怖くて絶対に入ってこない。本当の味方なら入ってくるだろう。手紙が本物であることは信じたが、慎重を期しているのである。

「よおおし、いま行く」

と参謀長はしばらく考えてから答えた。

「二人で入るから、誰か出てきてくれ」

「わかったあ。いまから連絡員が出る」

と壕から返事があった。

このときの喜びは言葉にできない。

わたしと参謀長は煙草をふかしながら、出てくるのをいまかいまかと待った。しかしなかなか出てこない。十分が過ぎ十五分が過ぎた。

「えらいおそいなあ。なにをやっているんだろう」

と、ぼやきが出た。

壕内へ

「オイ。土田」

小さな鈍い声がした。浜田の声だ。ハッとして見ると、入口の穴から二人の顔が鼻まで出ている。梶上等兵と浜田上等兵だ。

二人はあたりをキョロキョロ見たあと、ゴソゴソと這い出してきた。海軍と陸軍から一人ずつ連絡員が出たのだ。

「ワナではないか。他に敵はいないか」と、しばらく様子をうかがっていたのだろう。その目はギラギラし、顔は蒼白である。異様な顔つきであった。すこし前までは自分もこんな顔をしていたのだろう。

「参謀長、出てきました。浜田上等兵と梶上等兵です」

小銃を持った二人が、おずおずと近づいてくる。さかんに首を振って周囲を警戒している。異様な緊張感がただよっていた。

「おお、俺が海軍の澄川だ。こんなに手紙が来ているぞ。陸軍だな、おまえ。由良少佐という人を知っているか」

と少佐からの手紙を渡した。梶がそれを受け取って見る。読み終わると顔をあげ、

「由良大隊長の肉筆に間違いありません。満州で何回となく印をもらいに行っていたのでよくおぼえています。この実印も本物です」

とにっこり笑った。

信じたようだ。わたしもほっとした。二人は参謀長に黙礼をしてから、

「それでは中に入りましょう」

とうながした。

二人はわたしとは目を合わせない。わたしに対しては複雑な思いがあるのだろう。裏切り者の烙印はまだとれていないようだ。

うながされた参謀長は重々しくうなずき、わたしのほうを見て、

「じゃあ行こう」

と手で背中を押した。おまえから先に入れ、と言っているのである。

わたしは浜田と梶につづいてひょこひょこ歩きはじめた。

「しかし……」
二、三歩歩いたところでピタリと足がとまった。そして、ゆっくりと振り返り、
「参謀長……」

と小さく声をかけた。とつぜん振り向いたためびっくりしたようだ。

「な、なんだ」

「わたしは脱走兵です。ちょっと具合が悪いのです。まだ戦友とは打ち解けていません」

「…………」

わたしがなにを言っているのか理解できないようだ。

「撃ちゃあせんとは思いますが……、もしかしたら……撃たれるかもしれまっせん」

「…………」

「申し訳ないですが、参謀長だけ入ってもらえんでしょうか」

小声でささやいた。

「…………」

参謀長は目を伏せて黙って考えている。

「澄川少将、お願いします」

わたしはすがりつくように頼んだ。

日本兵が潜伏しているところはケモノの巣のようなところである。参謀長はわたしと一緒に入りたかったであろう。しかし、ここでもめるわけにはいかない。ここを乗り切れば戦犯容疑もはれ、内地に帰れる。そう思ったようだ。ちょっと間をおいて、

「よしわかった。では俺一人で入ろう」

「ありがとうございます」

少将が一兵卒の頼みを聞いてくれたのである。わたしはそのやさしさと度胸に感動し、手

を合わせてお礼を言った。

二人がすこし先で怪訝そうな顔をして待っている。参謀長が一人で歩いてゆき、一人で入る旨を説明した。二人はうなずいた。そして、ちらりとわたしを見た。

参謀長が二人にはさまれて中に入りはじめた。

「閣下、左足をこの石の上に、右足をここにのせ、右手でこのでっぱった石を持ってください」

「うわあ、おまえたちはこんなところに住んでいたのかあ」

参謀長の驚く声が聞こえる。住みなれた者にとっては気にもならないが、外から入ってきた者にはたまらないだろう。狭くて暗い。若い者たちが体をよせあって生活しているため、耐えがたいほどの臭気がある。

戦時中、閣下と称されて貴人のような生活をしてきた澄川少将にとって、そこは嫌悪すべき異常な空間であっただろう。

中には目だけがギョロギョロした日本兵たちが、銃を持って座っていた。

わたしは外にいながら、参謀長がとまどう様子が手にとるようにわかった。

三人が壕内に入った。地面に座ると戦友たちがにじり寄っていった。

戦友たちの第一声は、

「陛下はご無事ですか」

だった。

本当は自分の家族たちのことを一番に聞きたかったのだが、まず陛下の御安泰を確認するのが日本陸軍のしきたりだった。彼らはそれを守った。

「陛下はご健在だ。安心しろ」

と参謀長が答えると、みな安堵の表情を浮かべた。部隊としての規律がある。自分を高級将校として遇している。撃たれる心配はなさそうだと、参謀長もようやく安心した。

参謀長が鷹揚な態度で手紙を取り出し、山口少尉に渡した。若い女性の写真がポロリと出てきた。山口少尉の妹の写真である。

「十七歳かあ。別れて六年もたっているもんなあ」

指おり数えてジッと見つめた。

「閣下、いま、日本人はどのような生活をしていますか」

と質問が飛びかう。

「閣下、チョコレートです。ソーセージです。チーズです」

つぎからつぎへと盗んできた物を並べた。

そのとき、地下でつながっている五中隊の壕に誰かが連絡に行った。五中隊の飯島上等兵は完全武装で待機していた。外の騒がしさを米軍が掃討に来たと思ったようだ。

「いまから反撃に出る」

と目を血走らせて言う。

「飯島さん、もう敵は中に入ってますよ」

と笑いながら言うと、

「なに」

拍子抜けした飯島上等兵は、ヨシ、どんな奴が入ってきたのか見てやると、参謀長のもとに来た。

参謀長の白髪はアメリカ人のようにも見える。飯島上等兵は銃剣を持ったままじっと見た。いつ刺すかわからない雰囲気である。それを脇にいた戦友が押さえた。

参謀長は閉口し、「名前は」と聞いた。

「五中隊の飯島上等兵です」

「お前にも手紙が来ているぞ」

と手紙を渡した。

飯島上等兵が手紙を読みはじめた。住所、親の肉筆、内容、間違いない。このとき飯島上等兵はガタガタふるえて字が読めなかったという。そして一言、

「これじゃあ信用しなくちゃしょうあんめえ」

と大声を出した。

成功

わたしは外でいらいらしていた。

計画では、午後三時までに米軍に連絡しなければ不成功とみなし、攻撃に移ることになっている。わたしはたまらず、外から声をかけた。

「参謀長、もうそろそろ三時になります。はやく連絡に行かないと大変なことになります」

「そうだったな。すぐに連絡に走ってくれ」

「わかりましたあ」

「土田よう、われわれだけ帰るのは心残りだから、先に死んだ五名の戦友の墓にお別れがしたい」

塚本の元気のよい声が下から聞こえてきた。遺体を埋めたところは近くにある。

「わかった」

わたしは彼らをおいて、連絡に行くことにした。

ジャングルをひた走り、明るい砂浜に出た。砂はやわらかく走りにくい。気だけがあせる。はやく朗報を米兵たちに届けたい。

「ええい」

わたしは靴をぬぎ、靴ひもをつかんで海岸をひた走った。

海岸線にいる米兵たちが近づいてくる。みなわたしを見ている。

「成功しましたあ」

大声で叫びながら走った。手に持っていた靴が大きく揺れた。

待ちくたびれていた米軍は、わたしの姿を見ていろめきたった。

土田が大声で叫んでいる。走りながらなにかを振りまわしている。

それを「参謀長の生首」だと思った。

交渉が決裂し、参謀長は日本兵に撃たれて死んだ。土田はサムライの儀式にもとづき、参謀長の首をかき切って持ってきた。

そのとき、そう思ったという。これはあとで大笑いになった。わたしは米軍の将校に近づき、

「成功しましたあ」

と伝えた。

わたしの声は異様にたかぶっていた。歓喜と興奮で気持ちをコントロールできない。

「他の者はどうした」

と指揮官のキウリー中佐が通訳を通じて聞く。

「十五分くらいしたら出てくるでしょう」

とわたしが答える。キウリー中佐と通訳も興奮を隠せない。

「よかったよかった」

とニコニコして握手している。わたしもみんなの歓待を受けた。ジュースを飲め。煙草をどうぞと接待を受ける。あちこちからつつかれて握手ぜめにあう。

失敗すれば命がけで戦闘をしなければならない。成功すればグアムの基地に帰ることがで

きる。

「この小っちゃな日本人がうまくやってくれた」

と感謝しているのである。全員が大喜びだった。

帰順

しかし、十五分、二十分待っても誰もあらわれない。ざわざわしはじめた。みな不安になってきたのである。

「土田さん、大丈夫ですか」

通訳がたまらず聞く。

「いや、きっと出てきますよ」

わたしは自信たっぷりに答えた。

三十分近くたった。米軍のざわつきが大きくなった。キウリー中佐と通訳がチラチラとわたしを見る。わたしはあわてなかった。絶対の自信があった。出てこないはずがない。みんな日本に帰りたいのだ。

「オーイ、ここだ、ここだ」

そのとき、参謀長が道路わきのしげみからヒョイと出た。

「出た」

わたしが叫んだ。

参謀長はたくさんの武器を抱いている。他の兵隊の姿が見えない。陽の光の中、海岸線に何十人もの米兵が銃を持って立っている。戦友たちが恐れて躊躇するのも当然だろう。

参謀長がしげみにむかってなにか言っている。隠れている戦友たちをうながしているのだ。笑いながら、はやく出てこいと言っている。

一人ひょこっと出た。ひょこ、ひょこっとつぎからつぎに出てきた。

米兵たちが歓声をあげた。

出てきた戦友たちの目はまだギラギラと警戒している。

山口少尉が号令をかけた。ただちに米軍の前に整列した。そして一、二、三と番号をかけた。二年半もすぎているのに軍隊としての規律を失っていない。

山口少尉とキウリー中佐が握手した。

みなすぐにトラックに乗せられた。そして兵舎にむかった。わたしもいそいそと乗ろうとすると、待ったがかかった。なにかと思ったら、日本兵が出てきた壕に案内しろと言う。島民に武器が渡るのを恐れ、爆破するという。仕方なく米兵二人を案内した。

遅れること一時間。わたしもやっと兵舎に着いた。

浜田が煙草を吸いながら近づいてきた。

「土田、おそかったな、心配したぞ」

戦友たちの目がいっせいにわたしを見る。みな笑っている。

「俺が裏切ったと思ったじゃろう、ハハハハハ」

とおどけてみせた。

戦友たちがわたしのまわりに集まり、

「土田、ご苦労さん。ありがとう」

と口々に言ってくれた。うれしかった。そして、Aの顔が浮かんだ。生きていれば一緒に喜びをわかちあえたものを……。Aの冥福をあらためて祈った。

兵舎に来たときはみなびっくりしたらしい。

「最初は心配したよ。いきなり白い粉を吹きかけられて注射された。殺されるのかと思ったら、消毒だった」

と大笑いであった。

みな、これまでに見たことのない笑顔を浮かべていた。

内地へ

夜が明けた。

もうひと仕事ある。マングローブ組の救出である。わたしは免除され、参謀長、塚本、塙の三人が行った。

これが手こずったらしい。必死の説得で終戦であることは信じたものの、館軍曹が、

「投降し、今更おめおめと日本へ帰れない。わたしはここに置いて下さい」

とかたくなに拒否したそうだ。

本心は一刻もはやく内地に帰りたかったに違いない。終戦になったことを人一倍喜んでいたはずである。しかし、館軍曹は職業軍人である。そう言わざるを得なかったのだろう。

参謀長は、

「そんなにここにいたかったら、一回日本に帰ってからまた来い」

と説得した。そして切り札を出した。

「館軍曹、これは陛下のご命令だぞ。それがおまえにはわからんのか。おまえは、陛下のご命令にはむかうのか」

と言った。

陛下のご命令と言われれば、出てこざるをえない。マングローブ組もその日に兵舎に到着した。これで三十四名全員が集まった。

われわれは兵舎の一室に収容され、銃を持った二名の米兵が警戒にあたった。

翌日には米兵たちも警戒をとき、われわれと仲良くなった。煙草やお菓子をもらい、通訳を通じてお喋りをした。地面に大きな円を書いて、相撲をとっている者もいた。

二年前まで殺し合いをしていた日米の兵が、いまはゲタゲタ笑い肩をたたき合っている。

平和というのはよいものだ、とそのとき思った。

彼らはわれわれの持ち物を欲しがった。煙草やライターを持ってきては、

「交換してくれ」とつぎからつぎに部屋を訪れる。本国に持ち帰って記念品にするという。米軍のわれわれに対するもてなしは温かいものだった。

二週間後。

「アンガウル島から横浜に帰る船に乗船する」

という通知を受けた。

全員で、「万歳」と叫んだ。

昭和二十二年五月十五日。

夢の日本、横浜港に入港した。

第十四師団参謀中川大佐が来ていた。

「オイ、生きて帰れたぞ。みんな、お互いに元気でやってゆこう」

「十年目に再会しようじゃないか」

みなで握手をかわした。そして、九死に一生を得て帰ることができた喜びとともに、お互いの健康を祈って別れた。

昭和三十八年四月。

東京で十六年ぶりに再会した。

戦友たちと参謀長、通訳の熊井さんもみえられた。

みな懐かしく、手を取り合って喜びあった。

わたしと参謀長には、生存者一同から、命の恩人ということで壁掛けが贈られた。こんなにうれしいことはなかった。

三年に一度の再会を約束し別れた。

この会は、そのあともつづいた。

わたしは、いま、平和の中にあって、日々、生きている喜びを感じている。

あとがき

戦闘が終了し、敗残生活に入ったあとも、捕虜になるという話は絶対にオミットだった。捕虜になるなら自爆して自決しろ、という価値観にガチガチに拘束されていた。

「日本人は死ぬまで戦え。汚名を着るな」

という覚悟を持たされていた。

その当時、われわれは、それだけ徹底教育されていたのである。これは陸軍だけではなく、海軍の兵隊もそうであったし、広くいえばすべての日本人がそういった気持ちを持っていた。

そして、ともに生き残った戦友たちは、最後まで「徹底抗戦」という意識を持ち、いつか友軍が反撃してくれると信じていた。だから、最後まで出てこなかった。

わたし自身の当時の心境を正直に言うと、八十パーセント、あるいは九十パーセントは、日本は負けていないと思っていたが、残りの十ないし二十パーセントは、もしかしたら負けたのではないかと思っていた。

わたしと同じような考えを持っていたのは、三十四人のうち二、三人だろう。その他の者は、日本が負けるはずがない、と信じていた。

島にいるあいだ、友軍の反撃を信じるにせよ、疑うにせよ、これからどうするのかという現実を考えなければならなかった。その結論を出すのは、きわめてむつかしかった。

「とりあえず、食べ物がある限りは生きていこう」

全員がそう思っていたのではないだろうか。

そう思って毎日を必死に生きるのだが、どうしても、「それじゃあ食べ物がなくなったらどうするのか」という問題に行き当たる。

戦時中の考えでは、自決するか突っ込むかしかない。しかし、突っ込むといっても、島民たちと米軍の警備兵たちが静かに暮らしているところに、いきなり突っ込む気にはなれないし、自決するといっても「日本が負けたかもしれない」と思っていたので、自決する気も起こらない。

考えた末にわたしが出した結論は、

「食料がなくなって餓死しそうになったら、現地人と結婚する」だった。

捕虜になることはできない。死ぬのもいやだ。となるとあとは島民になるしかない。いま思えば笑い話だが、当時は真剣にそう考えていた。むろん、そのことは誰にも言わなかった。

わたしが終戦を確信したのは、Ａの話を聞いてからだった。そのＡは殺され、わたしが投降した。

一点だけ言っておきたい。わたしは壕を脱出し、米軍に投降した。そのときのことを、「最後にアメリカ軍に助けられて、保護された」と書いている本がある。

しかし、わたしは保護されたのではない。

島民を捕虜にして終戦を確かめようとした。証拠物件を探そうとした。喋らせようとしたのである。島民は日本語がペラペラだった。その島民から、本当に澄川少将が来ているのか、終戦は本当かを聞こうと思っていた。

しかし、島民は避難していなかったため、どうしようもなくなり、米軍に投降したのである。その投降も、自分だけが助かろうと思ってやったのではない。自分を含め、戦友を助けようと思って投降したのである。自分一人だけ助かろうとしたのであれば、危険を冒して戦友たちを説得に行ったりはしない。

終戦が嘘で、自分が捕虜の身になれば、自決しようと考えていた。しかし、壕に残した手紙には、そうは書かなかった。

なぜか。そう書けば戦友たちが姿をくらますからである。

澄川少将の手紙をみんな見ている。何時何分に波止場に来てくれ、日本は負けているから、命を絶対に保護するから、待っているから、という内容であった。

戦友たちはそれを、これは米軍が仕掛けたワナだと思っていた。いまだ戦争中であるとかたく信じていた。そこへわたしが手紙の内容にだまされ、米軍に投降したと思われたらどうなるか。

土田が脱走して米軍の捕虜になった。われわれの壕がわかってしまう。このままここにいれば、攻められて全滅する。

と、なる。ただちに戦友たちは荷物をまとめ、島のあちこちに散っただろう。所在がわからなければ終戦が本当であったときに説得のしようもない。だから置き手紙には嘘を書かなければならないと思った。

そういう状況であった。

わたしの字はきたない。しかし、紙の表と裏に一生懸命に書いた。手紙には、パラオ本島に渡ると書いてある。

本当のことを知りたいから。自分が行って状況を調べてまた帰ってくるから。勝手にやったことだから、帰ってきたときにはあんたがたはわたしを殺してもいい。

そう書いた。

どのくらい信じたのかはわからない。信じた者もいただろう。信じなかった者もいただろう。しかし、そう書くしか、わたしには方法がなかった。

わたしの手紙はすぐに見つけられたそうだ。わたしが脱走したことを知って、みんな大騒ぎをした。

「土田の馬鹿野郎が脱走した」

見つけ次第、射殺せよという命令が出され、あちこちを必死に探したという。

昭和二十二年五月十五日に横浜に復員上陸してから、四十五年ぶりに一同が会合したとき、この話をはじめて聞いた。

あのとき戦友たちにどれほど迷惑をかけたかをしみじみと考えた。しかし、ああしたことによって、内地で、しかも二連隊のあった水戸で、笑い合って話し、歌うことができたのだ。

生き残った者たちは一様に、

「戦死した人には本当に済まないが、われわれは、四十五年もうかった」

と喜びを隠さなかった。

生きることはただそれだけですばらしい。

平和に暮らせることがなんと尊いことか。

生死の境を辛くも生き残ったわたしは、そのことをいま、実感している。

元海軍上等兵　土田喜代一

持久作戦部隊の編成

①五中隊壕（本部壕）
福永伍長　（陸軍・大阪・二十七歳）
飯島上等兵（陸軍・茨城・二十九歳）
鬼沢上等兵（陸軍・茨城・二十八歳）
程田上等兵（陸軍・茨城・二十七歳）
塙一等兵　（陸軍・茨城・二十六歳）
勢理客軍属（沖縄・二十八歳）

②六中隊壕（本部壕）
山口少尉　（陸軍・茨城・二十七歳）
片岡兵長　（陸軍・茨城・二十七歳）
梶上等兵　（陸軍・茨城・二十八歳）
鷺谷一等兵（陸軍・茨城・三十二歳）
石井一等兵（陸軍・茨城・二十五歳）
上原軍属　（沖縄・三十歳）

＊五中隊と六中隊はつながっていた。

③工兵隊壕（湿地）
相川二曹（海軍・長崎・三十歳）
斉藤上等兵（陸軍・栃木・三十二歳）
千葉兵長（海軍・北海道・二十七歳）
土田上等兵（海軍・福岡・二十八歳）
小林一等兵（海軍・群馬・二十六歳）
横田一等兵（陸軍・茨城・二十六歳）
森島一等兵（陸軍・茨城・二十八歳）
上間二等兵（陸軍・沖縄・三十一歳）
宮里軍属（陸軍・沖縄・三十一歳）

④海軍（湿地）
高瀬兵長（海軍・愛知・二十七歳）
塚本上等兵（海軍・東京・二十六歳）
浜田上等兵（海軍・山口・二十六歳）
高田上等兵（海軍・大阪・二十六歳）
亀谷一等兵（海軍・沖縄・二十六歳）

智念軍属　（沖縄・三十九歳）

⑤通信隊壕（マングローブ）

館軍曹　（陸軍・茨城・二十七歳）

飯岡上等兵（陸軍・茨城・二十八歳）

滝沢上等兵（陸軍・茨城・二十七歳）

浅野上等兵（陸軍・茨城・二十六歳）

中島上等兵（陸軍・茨城・二十八歳）

岡野上等兵（陸軍・茨城・二十七歳）

石橋一等兵（陸軍・茨城・二十五歳）

壕内での苦心の生活

○敵の水缶を便器に利用、夜、海岸に捨てに行く。
○薬瓶にガソリンを入れ、芯を作ってランプにする。
○敵の瓶を割って一番切れるところを選んでひげを剃る。
○ゴムにシートを縫い付け地下足袋にヒントを得て靴をつくる。
○食料かつぎの紐は敵機銃の弾帯を利用する。
○花札を娯楽品として作る。
○将棋の駒を本物そっくりに製作する。
○自動車のスプリングで日本刀を作る。

○缶切りを作る。
○飛行機の計器を壊してレンズを取り火薬粉で発火させる。
○小型手動通信機を回し火薬粉で発火させる。
○敵のカービン銃を短く改造し片手で撃てるようにする。
○缶詰の巻棒を細かく削り少々穴は大きいが針を作る。
○赤蟹の爪で煙草のパイプを作る。
○ネズミ取り器を作る。
○魚の捕獲に弓とウケを作る。
○トーチランプを盗み料理に使用する。

○ガソリン盗りは上部と下部に帯剣で穴をあけ取り出す。
○起重機より一そろいの道具を盗みいろいろの工作用道具に使う。
○ゆうがおの葉っぱを鉄兜で塩もみしてオシンコを作る。
○鶏卵の乾燥粉で卵焼を作り主菜とする。
○ベーコンを煮込んでビスケットを混ぜてパン汁を作る。
○神棚を作り武運長久を祈念、十二月八日は宮城に向かい拝礼。

著者あとがき

私の意識の中では、本書は、二〇〇八年に出版した『英雄なき島』の続編になる。ペリリュー島を書くことによって、わたしの硫黄島が完結した。そう感じている。

以下は、私見である。

『英雄なき島』では、大曲覚氏の証言をもとに、

「硫黄島の守備隊は、米軍の上陸後、必死の抵抗をした。しかし体力がなく、武器もわずかだった。そのため、満足な戦闘はできなかった。その結果、防空壕の中で膨大な数の将兵が亡くなった。その数は一万人以上と言われている」

と書いた。

この本に対し、「硫黄島の兵たちは、敢闘し、奮戦し、徹底抗戦した」と憤りを感じる方も多いことと思う。

そこで、以下のことを書いておく。

これは、『英雄なき島』の原稿として記録したものであるが、大曲氏から「内容に間違い

はないが、自分だけ内地の水を飲んでいたことを知られるとばつが悪いから、削ってほしい」と言われ、出版の際に削除したものである。

大曲氏には大変申し訳ないが、貴重な証言であるため、わたしの責任においてここに載せる。

＊

大曲氏は、硫黄島で大型機の整備士官（少尉）として作業をしているとき、とつぜん、市丸少将から呼び出され、「感状」をもらっている。以下は、その顚末である。

感状

硫黄島の海軍の兵で、市丸少将から「感状」をもらった者が三人いた。

感状は、戦地で「抜群の戦功」があった者に交付される、特別な賞であった。

一人目は、ゼロ戦のパイロットだった。この人は、昭和十九年の十月か十一月に、米軍の大型機（B24かあるいはB29）にゼロ戦で体当たりをした。大型機は墜落し、そのパイロットも亡くなった。この戦功に対し、感状がおくられた。

わたしも士官なので、そういった内容の書類がまわってきたときに見ることができた。

二人目は兵曹長がもらっている。昭和十九年の十一月の終わりか十二月のはじめごろ、二段岩に電波探知機が設置された。

二段岩の電波探知機は、米軍機が南方の基地を出発して二、三十分すると探知した。以後、硫黄島の飛行機が空中疎開できるようになり、これまで受けていた空襲による被害を減らすことができた。

この電波探知機が非常に優秀だということで、担当の兵曹長がもらった。

これが二人目である。

三人目が、なんと、わたしだった。これはまったく思い当たる節がなかった。


昭和十九年十二月中旬。作業がおわって幕舎にもどると、井上大佐がまっていた。大佐は、

「市丸少将が貴様に感状をくれるという連絡が入った。今からいくぞ」

と言い、

「貴様なにかやったのか」

と聞いた。わたしは、

「思い当たる節がありません」

と答えた。とにもかくにもすぐに来いということなので急いで幕舎を出た。

表に出るとサイドカーがまっていた。側車に井上大佐が乗り、後部座席にわたしがまたがり、第二十七航空戦隊司令部の建物にむかった。

司令部は鉄筋コンクリートの一階建てである。中に入ると司令部の士官から、

「市丸少将から大曲少尉に感状が渡される」

と言われた。本当にくれるという。しかし、いくら考えても、もらう理由がない。

二人は市丸少将の部屋に入った。少将は、頰の尖った顔に温厚そうな目をして立っておられた。そしてわたしに、

「なぜ貴様に感状を渡すのかわかるか」

と聞いた。わたしは、

「わかりません」

と答えた。市丸少将は、

「貴様は普段、どんなことを考えて仕事をしている」

と聞いた。意味がわからない。やむなく、

「私は普通のことを普通にやっているだけです」

と言った。すると、

「ここでは普通のことを普通にできない。ところがおまえは普通のことを普通にやっている。だから俺はおまえに感状をやるんだ」

と言われた。

感状は、銀の色紙に漢詩を書いたものだった。書かれていた内容は、私たちが専門学校を卒業して予備学生で海軍に入ったため、ペンを捨てて軍務に服し、祖国のために……

といったような内容だったと思う。なにがなんだかさっぱりわからなかった。

そのあと、宿舎に帰ってから、ふと思い当たった。

「水」

である。

内地の水

わたしが硫黄島に着任した当時から、二日に一回、大型機が第一飛行場まで物資を運んだ。わたしは整備士官だったので、パイロットには知りあいが多かった。

内地の連中は、硫黄島に水がないことを知っていた。そのうち、お土産がわりに一升瓶やビール瓶に水を入れてもってきて、指揮所においていってくれた。これによって、内地の水が第一飛行場の指揮所に常備されるようになった。

わたしは、第一飛行場の指揮所を拠点に仕事をしていたので、内地の水を飲みながら仕事ができた。

硫黄島の水は硫黄のにおいがきつく喉にグッとひっかかった。それに対し、内地の水はスウッと喉の奥に消えてゆく。わたしは、硫黄島の水は体に良くないと考え、内地の水を飲むようにしていた。

これが体調をわけた。

わたしの同期（予備学生あがりの少尉）がこの島に十二人いたが、他の者はひどいアメーバ赤痢にかかり、満足にうごけなくなった。

そのなかで、わたしだけが健康をたもっていた。わたしの仕事は急激に増えていった。

一ヵ月に一、二回、輸送船が来た。船が来ると荷揚げをしなければならない。荷揚げは朝四時ごろから十時ごろまでかかった。荷揚げの指揮はわれわれ同期が順番でおこなうはずだった。ところが、他の連中の体調が極端にわるいため、わたしがやることが多くなった。

第一飛行場の滑走路の穴埋め作業もわたしの専門になった。

空襲は、わたしが硫黄島に行った九月ごろは三日に一回だったが、十月に入ると毎日になった。

輸送機の到着時間に間にあわせるため、作業は徹夜でおこない休憩もなかった。

道具はシャベルともっこである。すべて人力でおこなう。みんな体力がなくふらふらしていた。

作業人員は陸海軍兵三百人くらいだっただろうか。これを指揮するのが、われわれ予備学生あがりの新米少尉たちであった。ところが、第一飛行場担当の少尉(わたしの同期)二名がアメーバ赤痢でうごけない。しかたなく、

「じゃあ俺がやるから」

と指揮をとった。この作業は、米軍が上陸作戦を開始するまで、毎日つづいた。

ときどき、市丸少将が海軍の作業現場を見てまわる。輸送船の荷揚げを見にゆくと大曲が指揮をしている。第一飛行場の穴埋め作業を見にゆくと、そこにも大曲がいる。市丸少

将は、現場で働いているわたしをなんどか見て、

「輸送や穴埋め作業の指揮をいつも大曲がやっている」と思ったようだ。

これがわたしの「抜群の戦功」であった。むろん内地の水を指揮所で飲んでいたことは言っていない。ちなみに、もらった感状は硫黄島で焼失した。

＊

普通に働いていた大曲氏が、ただそれだけで「抜群の戦功」があったとされ、感状をもらったという事実は、いかに硫黄島の将兵たちが体調を崩していたか、という傍証となる。

硫黄島の将兵たちは、戦う前から凄惨な状況に陥っていた。

硫黄島に送られた応召兵たちの平均年齢は、陸海軍とも三十歳から四十歳だった。老兵といっていい。いまの年齢でいえば、四十代から五十代前半にあたるだろう。

硫黄島の地形は真っ平らで、自然洞窟もほとんどない。硫黄島に来た応召兵たちは、防空壕をいちから掘らなければならなかった。

硫黄島の地熱は高い。掘れば四十度以上の硫黄ガスが吹きだす。壕内の温度は四十度、ときに五十度をこえた。この殺人的な労働に応召兵たちは昼夜兼行でかりだされた。

硫黄島の最大の特徴は「水」である。この島には水がまったくない。スコールもない。わき水もない。井戸を掘って出た水も硫黄臭く、この水を飲むと喉をかきむしりたくなるような渇きを感じたという。その劣悪な水さえも一日に小さな水筒一本分しか支給されなかった。真水が飲みたい。これが、兵たちのただ一つの願いだった。

硫黄島はハエの島でもある。大量のハエが飛びまわり、雑菌を運んだ。そのため、アメーバ赤痢が蔓延し、ほとんどの将兵がはげしい下痢に苦しんだ。食事の量もわずかで、兵たちは例外なく栄養失調になった。硫黄島の兵たちは衰弱し、そのうえ、すさまじい渇きにうめき声をあげて苦しんだ。

こういった環境の中におかれた硫黄島の兵たちは、米軍上陸前に戦える体ではなくなり、多くの兵たちが動けないまま壕の中で死んでいった。

太平洋戦争史を通じ、硫黄島ほど水に苦しんだ戦場は、他にない。渇きに苦しむ最悪の条件が硫黄島にはそろっていた。

ジャングルの中で飢えや病気により斃れた者たちは、川や池に集まり、水を飲む姿勢のまま死ぬ者が多かった。それをわたしは悲惨なことだと感じる。しかし、硫黄島の兵たちがそれを聞けば、夢のような贅沢だなと思ったであろう。

硫黄島の兵たちにとって、真水をたらふく飲んで死ねるということほどうらやましいことはなかったのである。

土田さんも本書の中で証言しているが、水が飲めないことほど苦しいことはない。

わたしは、本書を書いているあいだ、硫黄島で亡くなった方々の苦しみを思いつづけた。辛かったであろう。

硫黄島に布陣した約二万人の将兵たちは、水が一滴もないという他に類を見ない過酷な戦場において、その苦しみに耐え、祖国のために力を振り絞って戦い、死んでいった。

硫黄島の将兵たちのがんばりもまた、戦史上、特筆すべきものであった。

大曲覚氏は硫黄島戦の生き残りである。三年前に出会い、わたしに戦場体験を語ってくれた。

それから約二年、わたしは、大曲氏の証言を記録することに夢中になった。そして『英雄なき島』が出版された。

その取材の過程で、大曲氏の口からひんぱんに出たのが「ペリリュー島」であった。氏は、「硫黄島戦は、ペリリュー島の戦訓をふまえておこなわれた」とくりかえし言われた。わたしは、『英雄なき島』を書いているあいだ、「ペリリュー島戦とは、どんな戦いであったのか」という疑問が頭から離れなかった。

わたしは『英雄なき島』を書きながら、ペリリュー島戦の体験者をさがし、土田喜代一さんに行きあたった。

そして、土田さんの体験と知識を羅針盤とし、ペリリュー島戦をまとめることができた。

今回、本書を書くことにより、「硫黄島」と「ペリリュー島」という、二大局地戦を比較することができた。

ペリリュー島は、全島を要塞陣地とすることに成功した。

米太平洋艦隊司令長官のC・W・ニミッツはこう言っている。


日本の新計画は慎重に計算された縦深防御法を採用したものであった。水際における消耗兵力は単に米軍の上陸を遅延させる目的で配備されており、主抵抗線は海軍艦砲の破壊力を回避するため、ずっと内方に構築されていた。この線は、ここの地形の不規則なあらゆる利点を利用した陣地網によって支援されることになっていたし、人智の考え及ぶ限りのあらゆる器材によって難攻不落なものとして構築されていた。守備兵力は好機到来に際し、反撃のための予備としてできるだけ温存されるはずであった。そこではもはや無益なバンザイ突撃は行うべきではないとされ、守備兵の一人一人がその生命をできるだけ高く相手に買わせることになっていた。(『ニミッツの太平洋海戦史』)

ペリリュー島の中央山岳地帯は複雑な地形をもっている。自然洞窟や燐鉱の廃坑などが点在し、それを利用して防空壕や砲台陣地を作ることができた。

大きな防空壕やコンクリートの砲台などは、歩兵が上陸する前に工兵隊が作った。あとに来た歩兵たちは、たこつぼや塹壕など、地上戦用の陣地を構築するだけでよかった(この作業も過酷ではあったが、体力を失って動けなくなるまでには至っていない)。

水は湿地にあり、毎日、スコールもあった。川がない島であったが、水に困ることはなかった。

兵たちもほとんどが現役兵で、平均年齢は二十五歳前後であった。

ペリリュー島の兵たちは、複雑な地形を利用した要塞陣地を味方にし、体力を温存した状態で米軍と戦うことができた。

地形、準備、気象、兵力、戦術、こういったいくつかの好条件が重なったうえで太平洋戦争最大の「要塞戦」がおこなわれた。

勝利者はアメリカであった。しかし、日本軍もその強さをアメリカに見せつけた。その敢闘は賞賛するに値し、それを指揮した中川大佐には「要塞戦の名将」という称号が贈られるべきである。そして、いま硫黄島戦に対して言われている、

——孤島において、要塞陣地を構築し、徹底抗戦をおこない、米軍に多大なる損害をあたえた。

という戦史上の評価は、硫黄島ではなく、ペリリュー島に冠せられなければならない。

ペリリュー島で死んだ将兵たちのために、このことは正しく評価するべきである。

今回、土田さんのおかげで、ペリリュー島の戦場を知ることができた。そこには数え切れないほどの若者たちの死が詰まっていた。

「ペリリュー島守備隊の勇戦」という栄誉の陰にある若者たちの死は、はかなく、哀しいものであった。

ペリリュー島の奮闘と硫黄島の死闘に優劣はない。他の戦場との比較もできない。太平洋の各地でおこなわれた局地戦には、それぞれに違う苦しみと哀しみがある。その苦しみと哀しみに耐えながら、無数の日本兵たちが死んでいった。その死を戦場体験者とともに一つ一つ見てゆくことが、いま私にできる唯一の作業である。

そして、この作業を続けることによって、いつか、

「なぜあの戦争が始まり、継続され、原爆投下という結末を見るまで終わらなかったのか」

という自分が発した疑問に対する答えに行きつくことを夢みている。

本書はわたしの著作物としては三作目になる。いずれも、井田康雄氏、山本泰夫氏に全面的なご指導、ご支援をいただいた。大恩ある方々として生涯、感謝を申し上げる。

また、本書発行にあたりご尽力いただいた、㈱産経新聞出版代表取締役社長皆川豪志氏、その他、関係各位に対し、この場を借りて厚く御礼申し上げる。

そして最後に、体験の記録を私に託していただいた土田喜代一氏に対し、感謝の意を表するとともに、いつまでもご健康を維持され、戦争の語り部としてますますご活躍されることをご祈念申し上げる。

平成二十一年十月四日

久山　忍

文庫版によせて

今、本書の校正がおわった。改めて書くべきこともないが、校正を終え、私自身の余熱を冷ますために少しだけ文章を起こしたい。

本書は、私が福岡の土田氏宅にお伺いしたことを始まりとし、その後、土田氏が書かれた手記（小冊子）を元に取材を重ねてつくった。できあがるまで一年以上かかった。土田氏と私の二人三脚の作業であった。あれから六年以上経つのか、と思えばなにやら感慨深い。嬉しいことに土田氏は現在も健在であり、ペリリュー島戦の語り部として活き活きと活動をしておられる。

土田氏は小柄である。手先が器用でかつては有能な旋盤工であった。行動は俊敏で危険を察知する能力が高い。誰よりも誠実でありながら、生きる上において要領が良いため一つ一つの行動に得も言われぬ可笑しみがある。敗戦の戦記を書くというのは苦痛を伴うものであるが、土田氏のユーモラスな行動記録に助けられて本書を書き上げることができた。壕生活に入ってからの土田氏の活躍ぶりを見ると、土田氏が持つこういった性格や能力が最大限発揮されていることがよくわかる。本書にあるとおり、三十四人の残存兵が無事に祖国に帰ることができた最大の功労者はまぎれもなく土田氏である。

ペリリュー島戦及びその後の持久生活を積極的に語る土田氏に対し、陸軍の兵たちの口は重い。私も幾人かに取材を申し込み、ペリリュー島戦の体験を本にすることを御願いしたがいずれも断わられた。生き残った陸軍の兵たちの心中は複雑であった。このことは本書を読む側の私たちが察しなければならない。ほとんどの戦友が死んだにもかかわらず自分は生き残ったという罪悪感は、生涯、心の中から払拭できないのである。その証拠に、ペリリュー島戦から生還した陸軍の兵による戦記は私が知る限り一冊も刊行されていない。

米軍の火力によって追い込まれた陸兵たちに残された道は三つであった。突撃、自決、持久のどれかである。自ら捕虜になって生き延びるという選択肢はなかった。連隊本部の将兵は最後まで戦闘したのち、自決か突撃の道を選んで一人残らず死んだ。

持久に転じた陸軍の兵たちは思ったであろう。連隊本部と離れたところに居たとはいえ同じ連隊に属しながら結果的に生き残った。生きて日本の土を踏んだ陸軍の兵は死んだ戦友にあわせる顔がないと自省し、こうした想いが自らの発言を控える要因になったのではないか。陸軍の生き残り兵たちの沈黙もまた、戦争とはなにかということを私たちに教えてくれる雄弁な証言であると言える。

この点、土田氏にはこういった精神的なしばりが薄い。土田氏は海軍である。しかも戦闘員ではなく見張り兵だった。見張り任務を全うしたのちに持久態勢に入った。しかも壕生活に入ってからは主力となってサバイバル生活を支え、さらには帰順にむけて命がけの大活躍をした。土田氏にとってのペリリュー島戦は語り遺したい生還までの「冒険の記憶」なのである。本書を貫いている明色の文体は、こういった背景からかもし出されているものだということを書き添えておきたい。

それにしてもペリリュー島の将兵たちはよく戦った。戦争を賛美してはならない。しかしペリリュー島の兵士たちの戦いぶりは賞賛されるべきものである。そして、祖国を守るために死んだ若者たちのことを忘れてはならないと改めて思う。この本が文庫となって末永く読まれることになれば、あの小さな島で死んだ幾多の日本人たちの慰霊になると私は信じている。そういった意味において本書の文庫化は朗報であった。

この場を借りて関係各位に深く御礼を申し上げる。

平成二十七年二月十二日

久山　忍

参考文献＊『徹底抗戦　ペリリュー・アンガウルの玉砕』月刊沖縄社＊『サクラ　サクラ』舩坂弘　毎日新聞社＊『証言記録　兵士たちの戦争』ＮＨＫ「戦争証言」プロジェクト　ＮＨＫ出版＊『栄光の軍旗』茨城郷土部隊史料保存会／水戸歩兵第二連隊会／水戸工兵第十四連隊会　大盛堂書店出版部編＊『戦史叢書　中部太平洋陸軍作戦（２）ペリリュー・アンガウル・硫黄島』防衛庁防衛研修所戦史室＊『坂の上の雲』司馬遼太郎　文春文庫＊『一億人の昭和史　日本の戦争』毎日新聞社＊『硫黄島　最後の二人』山蔭光福・松戸利喜夫　読売新聞社＊『硫黄島の兵隊』越村敏雄著　吉川清美編　朝日新聞社＊『軍医の戦争　ペリリュー』リー・ラトル著　森田幸夫訳　マルジュ社＊『ペリリュー　アンガウル　トラック』西村誠　光人社＊『父の戦記　昭和朝日編』朝日新聞社

単行本　平成二十一年十二月「戦い　いまだ終わらず」改題　産経新聞出版刊

NF文庫

ペリリュー戦いいまだ終わらず

二〇一五年四月　十六日　印刷
二〇一五年四月二十一日　発行

著　者　久山　忍
発行者　高城直一
発行所　株式会社　潮書房光人社
〒102-0073　東京都千代田区九段北一-九-十一
振替／〇〇一七〇-六-五四六九三
電話／〇三-三二六五-一八六四代
印刷所　モリモト印刷株式会社
製本所　東　京　美　術　紙　工
定価はカバーに表示してあります
乱丁・落丁のものはお取りかえ
致します。本文は中性紙を使用

ISBN978-4-7698-2881-5　C0195
http://www.kojinsha.co.jp

NF文庫

刊行のことば

第二次世界大戦の戦火が熄《や》んで五〇年——その間、小社は夥しい数の戦争の記録を渉猟し、発掘し、常に公正なる立場を貫いて書誌とし、大方の絶讃を博して今日に及ぶが、その源は、散華された世代への熱き思い入れであり、同時に、その記録を誌して平和の礎とし、後世に伝えんとするにある。

小社の出版物は、戦記、伝記、文学、エッセイ、写真集、その他、すでに一、〇〇〇点を越え、加えて戦後五〇年になんなんとするを契機として、「光人社NF(ノンフィクション)文庫」を創刊して、読者諸賢の熱烈要望におこたえする次第である。人生のバイブルとして、心弱きときの活性の糧《かて》として、散華の世代からの感動の肉声に、あなたもぜひ、耳を傾けて下さい。